a memória da árvore

a
memória
da
árvore

a memória da árvore

TINA VALLÈS

Traduzido do catalão por
Luis Reyes Gil

Título original em catalão: *La memòria de l'arbre*
Edição original catalã publicada por Llibres Anagrama
Copyright © Tina Vallès, 2017
Tradução para a língua portuguesa © 2022, Casa dos Mundos / LeYa Brasil, Luis Reyes Gil
Direitos de tradução adquiridos mediante acordo com Asterisc Agents.

Todos os direitos reservados e protegidos pela Lei 9.610, de 19.02.1998.
É proibida a reprodução total ou parcial sem a expressa anuência da editora.

Editora executiva
Izabel Aleixo

Revisão
Rowena Esteves

Produção editorial
Ana Bittencourt e Carolina Vaz

Diagramação e projeto gráfico
Alfredo Rodrigues

Preparação
Clara Diament

Ilustração e design de capa
Tita Nigrí

Dados Internacionais de Catalogação na Publicação (CIP)
Angélica Ilacqua CRB-8/7057

Vallès, Tina
    A memória da árvore / Tina Vallès ; tradução de Luis Reyes Gil. – São Paulo: LeYa Brasil, 2022.
    248 p.

ISBN 978-65-5643-186-4
Título original: La memòria de l'arbre

1. Literatura catalã - Espanha I. Título II. Gil, Luis Reyes

22-1367   CDD 860

Índices para catálogo sistemático:
1. Literatura catalã - Espanha

LeYa Brasil é um selo editorial da empresa Casa dos Mundos.

Todos os direitos reservados à
CASA DOS MUNDOS PRODUÇÃO EDITORIAL E GAMES LTDA.
Rua Frei Caneca, 91 | Sala 11 – Consolação
01307-001 – São Paulo – SP
www.leyabrasil.com.br

*À Montblanc e à Vilaverd que relembro.
Ao salgueiro-chorão da rua Narcís Monturiol, 21.*

"Deixemos então patriotas exaltados prepararem guerras, tratados, a nossa campa e a estátua deles, e falemos do importante: o meu avô."

GONÇALO M. TAVARES

"Uma criança é um bom lugar para se viver."

ROBERTO PIUMINI

1. A MUDANÇA

I. A MUDANÇA

AS CLONEZINHAS

"São como duas gotinhas de água", diz o vovô quando a mamãe e a vovó discutem. "Não estamos discutindo, a gente sempre conversa assim", responde uma, ou a outra, se alguém chamar atenção para isso. E o melhor que podemos fazer é deixá-las sozinhas.

Agora já sei o que ser como duas gotas de água quer dizer: significa que as duas são iguaizinhas. O vovô explicou e, em seguida, foi ao escritório dos meus pais, e voltou com um álbum todo empoeirado, para me mostrar umas fotos de quando a vovó tinha a idade da mamãe:

– Nossa, são clones! – falei.

A partir daquele dia, a mamãe e a vovó passaram a ser as clonezinhas. Elas não sabem, porque eu e o vovô temos alguns segredos.

Numa das fotos, a vovó aparecia sentada no banco de pedra em frente à casa dela, de avental, e a mamãe rabiscava no chão de cimento com um giz. Ao lado havia uma árvore desenhada, bem grande, quase do tamanho real.

– O meu salgueiro-chorão – falou o vovô –, um dia eu conto para você.

O MENINO

– Joan, vá comprar pão com o menino.

"O menino" sou eu. Agora, sempre que mandam o vovô fazer alguma coisa, eu vou junto. Às vezes não tenho vontade, porque estou brincando ou lendo, ou mesmo fazendo a lição. Mas faz algumas semanas que acompanhar o vovô vem em primeiro lugar.

– Ela falou para a gente ir comprar pão, Jan.

Quando saímos, o vovô segura firme minha mão e me faz ler os nomes de todas as ruas. Quer que eu aprenda todos os caminhos que a gente faz, porque diz que já sou crescido e que logo vou andar sozinho pelo mundo. E quando fala isso, me sinto um pouco sem fôlego, porque ele fica com uns olhos brilhantes, vidrados, nem parece ele. Mas eu obedeço, sempre obedeço ao vovô, e então leio as placas: Urgell, Borrell, Tamarit, Viladomat...

– Não tente se guiar pelas lojas, porque elas vivem mudando. A única coisa que não muda são as ruas. – E ele fica olhando as placas de mármore branco com letras escuras, como se a gente precisasse decifrar mensagens secretas a cada esquina para chegar em casa.

SEU AVÔ

– Avise seu avô que a gente já vai jantar.

Quando a vovó diz "seu avô" soam todos os alarmes.

A vovó Caterina está quase sempre de bom humor. "Quase sempre", eu disse. Quando não está, quem paga o pato é o vovô, que é o primeiro com quem ela para de falar.

Os dias ficam divididos entre aqueles em que ela diz "querido, já vamos jantar, avise ao menino" e os outros, em que diz "avise 'seu avô' que a gente já vai jantar". Há mais desses primeiros do que dos outros. Quer dizer, havia. Agora já faz dias que eu ouço esse "seu avô" todo começo de noite.

E as clonezinhas andam discutindo pouco, preferem cochichar na cozinha. Ficam lá bem trancadas, como quando a mamãe faz sardinha na brasa ou quando o papai cisma que vai ter couve no jantar. Mas não são os cheiros fortes que elas não querem que saiam de lá.

Enquanto a porta está fechada, o vovô não tira o olho da maçaneta, eu diria que nem pisca, conta os segundos, e quanto mais segundos passam, mais o olhar dele fica vazio.

E sempre é a vovó que aparece primeiro quando a porta abre, e ela logo procura os olhos do vovô, que se iluminam quando encontram os dela.

NA HORA CERTA

O vovô Joan era relojoeiro. "Ainda sou!", resmunga ele. Era o relojoeiro do povoado. Gosta de dizer que era graças a ele que Vilaverd andava sempre na hora certa. Eu acredito. Acredito nele e me pergunto, agora que o vovô e a vovó moram conosco, se no povoado ainda são cinco horas quando tem que ser cinco horas, ou se o povo já está perdendo o tempo de vista, minuto a minuto.

O vovô ri. Diz que agora não precisam mais dele. Mas não é verdade. Todo dia alguém do povoado liga para ele, e, enquanto dura a ligação, a mamãe e a vovó param de fazer o que estavam fazendo e ficam ouvindo a conversa com uma atenção que até me irrita um pouco.

E quando ele desliga, vem o interrogatório: quem era? Queria o quê? O que foi que ele disse? E o que você respondeu? E o vovô responde, cada vez mais murcho, mais encolhido numa poltrona enorme, até que fica outra vez com aqueles olhos vidrados e as clonezinhas se fecham na cozinha para cochichar.

DUAS LETRAS

Quando o vovô pega o jornal, ele deixa de ser o vovô. É um senhor importante que lê as notícias. Faz uma pose que nem parece mais ele. E eu gosto de ficar espiando. Fico olhando para ele fixamente até ele deixar de ser ele. E, de repente, o vovô chega à página das palavras cruzadas, ergue os olhos do jornal e fica me olhando, enquanto procura a esferográfica na mesinha. "Já fez a lição?", e então volta a ser outra vez o vovô.

As palavras cruzadas duram pouco tempo. Ele faz rápido e sempre preenche tudo. Tudo mesmo. Agora faz uns dias que demora um pouco mais, e anteontem ficaram faltando duas letras para completar tudo. Foi o papai que percebeu, quando pegou o jornal à tarde.

— Sogro, ficaram faltando duas letras! — disse o papai, erguendo a página das palavras cruzadas.

— Tá.

O vovô não disse mais nada além disso, duas letras. O papai também ficou quieto e olhou para mim com os olhos vidrados do vovô. A mamãe e a vovó estavam na cozinha, e não sei por quê, mas isso me tranquilizou.

SILÊNCIO

O vovô em silêncio me assusta.

O vovô sempre fazia algum barulhinho, como os relógios de antigamente, que nunca paravam de fazer tique-taque. Até quebrarem.

Agora, de repente, fica calado e, se estou sozinho com ele, começo a falar pelos dois.

Mas se a mamãe e a vovó estão ali também, o silêncio pesa tanto, que eu preciso respirar mais forte para não sufocar. Eles três, quietos e eu, com falta de ar. E quando me ouvem fazendo barulho para inspirar, dão um sorrisinho forçado e então cada um tenta voltar a fazer o que estava fazendo.

Mas eu posso fazer o barulho que quiser, pois o silêncio fica ali um bom tempo, aos pés da poltrona do vovô, eu diria até que posso ver como ele respira, bem tranquilo, como se realmente não sentisse falta do tique-taque.

LANCHE

Agora meu lanche é melhor. A vovó faz um sanduíche meia hora antes de eu sair da escola, e o vovô traz para mim quando vai me buscar. Antes era a mamãe que preparava o sanduíche de manhã e ele ficava o dia inteiro na mochila, murchando.

O lanche foi a única coisa que melhorou com a mudança. Agora, o pão ainda fica crocante, posso escolher o que eu quero que ela ponha dentro e vou comendo, acompanhado pelo vovô, que parece um pouco mais feliz a cada mordida que dou no sanduíche.

— Invejo sua fome, Jan! — e passa os dedos pelo meu cabelo e me despenteia, e eu afasto a mão dele da minha cabeça, sem parar de mastigar.

— Quer?

— Não, não. O problema é justamente esse: eu não quero.

Então termino o sanduíche quando ainda faltam umas duas ruas para chegar em casa, sem entender por que o vovô quer ter a minha fome, ele que sempre diz que, quando era criança, passou muita fome.

UMA COISA

Um dia, meus pais foram até meu quarto enquanto eu fazia a lição e me olharam com cara de que tinham alguma coisa importante a dizer. Eles se sentaram na minha cama.

– Venha cá, Jan, sente-se aqui no meio, filho.
– A gente precisa contar uma coisa para você, seu pai e eu.
– Uma coisa boa.
Pela cara dos dois, não parecia uma coisa boa.
– Vovô Joan e vovó Caterina virão morar conosco a partir do mês que vem.
Esperei para ver se eles sorriam, mas não sorriram. Para mim era uma boa notícia, digna de um "oba!" e um abraço, no mínimo. O vovô e a vovó em casa com a gente, como nas férias, só que ao contrário.
– Posso ficar feliz?
– Claro que pode, filho.
– E vocês, por que não ficam?

– Ainda precisamos nos acostumar com a ideia da mudança – disse o papai enquanto segurava forte a mão da mamãe.

Quando saíram, terminei a lição de inglês com uma letra que não era bem a minha, com todos os "as" e "ós" meio murchinhos.

A CASA DOS AVÓS

No dia seguinte, eu tinha um monte de perguntas sobre a mudança, e não sei por quê, mas não quis perguntar para a mamãe. Esperei até ficar sozinho com o papai:

– Mas vamos passar o verão em Vilaverd, como sempre, não é?
– Vamos ver.
– "Vamos ver" quer dizer que não, é isso?
– Acho...
– Papai!
– Parece que não, Jan, meu filho.

"Jan, meu filho" me desarmava, me fazia ficar quieto sempre.

"Jan, meu filho" é como um sinal de "Pare", como quem diz "só vamos até aqui". Nunca insisti depois de um "Jan, meu filho". Não fiz mais perguntas. Não queria mais respostas.

JAN, MEU FILHO

No dia em que meus avós iam chegar, cheios de malas e pacotes, me mandaram para a casa do Moisés, um amigo da escola. Deixaram que eu ficasse para dormir, e eu deveria ter ficado feliz com isso.

– Você quer brincar do quê?
– Do que você quiser.

Montamos um castelo com peças de Lego que ocupou todo o chão do quarto do Moisés. A mãe dele pediu pizza para o jantar e o pai deixou a gente assistir a metade de um filme de super-heróis. Os três se esforçaram tanto para eu ficar bem, que fiquei mais triste ainda.

Na hora de dormir, a mãe do Moisés se sentou ao pé da minha cama dobrável e, enquanto o pai dele contava uma história, não parou de esfregar minhas pernas com a mão.

– Jan, meu filho, tente dormir – disse depois de me dar o beijo de boa-noite.

E dormi.

DAR CORDA

Sonhei que o vovô dava corda no relógio antigo da sala de jantar. Primeiro fazia isso como sempre, com calma e delicadeza, com aqueles seus dedos de vovô relojoeiro. Mas, aos poucos, passou a dar corda cada vez mais rápido, e para isso precisava pegar impulso, e saltava e grunhia, e usava os pés, e conforme os ponteiros giravam e giravam no mostrador do relógio, lá fora ia ficando de noite e de dia, de noite e de dia, como se o tempo na verdade dependesse do relógio antigo da sala de jantar de casa.

2. AS RUAS

AS ÁRVORES

— Repare bem, Jan. Esta é a rua Urgell — e o vovô para embaixo da placa e aponta para ela. Ficamos um tempo ali olhando a placa. — Agora a gente entrou na Tamarit. Está prestando atenção?

— Vovô, a gente já não está mais olhando as árvores?

— Também, também.

E seguimos para casa em silêncio. Eu olho para as árvores e olho para o vovô, que olha para as placas das ruas. Agora ele não diz mais nada.

Vamos pisando nos desenhos que os galhos projetam no chão, e o vovô arrasta tanto os pés, que eu tenho medo de que uma das sombras fique presa na sola e ele precise levá-la embora, grudada para sempre no sapato. Mas a única coisa que move os galhos é o vento, que os faz dançarem uma dança triste, porque não estamos olhando para eles.

Chegando em casa, o vovô, com os olhos vidrados, respira aliviado dentro do elevador e pelo espelho me diz:
— Amanhã a gente vai olhar as árvores, Jan.

CINCO HORAS

Saio da sala de aula pensando no lanche. O que será que a vovó colocou no sanduíche hoje, é a pergunta que me faço.

Desço a escada desembestado e procuro o rosto do vovô no meio daquele bosque de pais, avós e babás. Antes eu não procurava por ele, era ele que me achava. Não sei quando nem por que trocamos os papéis. Começo a suspeitar que a mudança não é apenas uma mudança e, sim, muitas pequenas mudanças que compõem uma grande, uma mudança grande que eu não consigo enxergar.

– Cinco em ponto. Um dia você ainda arrebenta a cabeça correndo desse jeito, seu tonto.

O vovô me despenteia e ri. Olho para ele e não digo nada. Meus olhos lhe dizem que estou com fome.

– Se quiser o lanche, tem que me dar um beijo antes.

Acalmo a respiração, me atiro nos seus braços, e ele enfia uma das mãos no bolso do casaco.

Não sei por que estava nervoso. Cinco horas, o vovô e o lanche. Tudo em ordem.

ANTES

Quando o vovô e a vovó ainda não moravam com a gente, o papai e a mamãe se revezavam para me buscar na escola. "Você pode pegar o menino hoje? É que eu tenho uma reunião." E se alternavam de segunda a sexta. Chegavam à escola ainda com cara de trabalho, e eu começava a contar minhas coisas, e, até a metade do caminho, eles não tinham ouvido nada do que eu havia dito.

– ... e então o Quim me bateu e eu...
– O Quim bateu em você? Por quê?
– Já falei, porque no intervalo eu marquei um gol quando ele era o goleiro e então...

E então eu precisava voltar do início, e tanto a mamãe quanto o papai sempre andavam um pouco agachados, em parte para me ouvir melhor e também pelo peso da culpa de não terem dado a mínima para o que eu tinha dito na primeira parte do caminho. Eu repetia tudo, mais resumido, mais direto, sem dar tanta importância, e eles exigiam que eu desse os detalhes de todas as cenas, e a mamãe até apertava um pouco os olhos, e o papai olhava para o vazio, como se tentassem ver melhor o que eu estava explicando, fosse lá o que fosse.

O vovô me ouve desde o primeiro momento em que me vê, e não se agacha, eu é que, quando quero dizer alguma coisa mais importante, fico na ponta dos pés e termino com um "Ouviu, vovô?" que ele não gosta nem um pouco:

– É claro que ouvi. Eu sempre estou ouvindo você!

NÃO TÃO ANTES

No começo, quando o vovô vinha me buscar, era ele que falava. A gente demorava muito para chegar em casa. Ficava admirando tudo, principalmente as árvores.

– Veja que tronco grosso! Venha cá, encoste a mão.

Ficávamos parados na frente de uma das árvores da praça, com a mão encostada nela.

– Esta árvore é mais velha que o seu avô.

– Você não é velho!

Foi assim que descobrimos o buraco no tronco de um plátano da avenida, num dia que ficamos rodeando a árvore inteira.

– Minha cabeça cabe direitinho aqui dentro, Jan!

O vovô fingiu que estava se enfiando no buraco e, na mesma hora, minha mão já estava agarrando o pulôver dele, puxando-o com força.

– Saia daí, vovô, saia!

TOCAR AS ÁRVORES

No começo eu ficava com vergonha de tocar nas árvores, não gostava que o vovô ficasse ali parado, com a mão no tronco e dizendo para eu fazer igual.

– O que vocês estão fazendo aí *plantados?* – perguntou Moisés um dia, de brincadeira.

– Boa tarde, sou a mãe do Moisés, Melissa. O senhor deve ser o avô do Jan.

– Sim. Joan, muito prazer. Estava explicando para o Jan que a sombra de uma árvore pode salvar a vida dele.

– Uau! – e Moisés ficou debaixo da sombra daquele plátano da praça, olhando para o vovô com olhos de aventura.

Então o vovô fez uma voz de quem ia contar uma história antiga e começou a dizer que, quando criança, ele tinha uma árvore que o protegia do sol do meio-dia e que servia de cabana, de esconderijo e de confidente.

– Confidente? – perguntamos os dois ao mesmo tempo, enquanto a mãe do Moisés sorria com as bochechas fofas.
– Sim, a árvore guardava meus segredos.
– Onde? – Moisés.
– Como? – eu.
Perguntamos ao mesmo tempo e então o vovô voltou a fazer sua voz normal, olhou as horas e se despediu da árvore com uma carícia, que Moisés e eu imitamos.

O PRIMEIRO DIA

No primeiro dia em que o vovô foi me buscar na escola, as cinco horas da tarde demoraram muito para chegar. Achei que o relógio da sala de aula tinha quebrado e pensei "bem que o vovô podia vir aqui consertar!", só que enquanto não desse cinco horas ele não chegaria. Passei a última aula, a de ecologia, completamente ansioso, de olho nos ponteiros do relógio, tique-taque, tique-taque. E o tilintar do sinal das cinco me fez dar um pulo da carteira e acabei mordendo o lábio.

– Jan, depois você me conta por onde andou sua cabeça durante a aula de hoje...

Pedi desculpas com o olhar enquanto saía da sala, ainda com gosto de sangue na boca.

– Como foi que você se machucou, seu tonto? – e o vovô me fez bochechar com água da fonte do pátio e, com a gola da camiseta molhada e a mão dele desarrumando meu cabelo, me lembrei que às cinco horas eu sempre tinha uma fome de leão.

FOME

– Que fome que eu tinha quando era jovem!

O vovô fica me vendo comer. Tenho a impressão de que, a cada mordida que dou, ele volta dez anos no tempo e que estou vendo as pupilas dele rejuvenescendo.

Sei que um dia vou me lembrar desse gosto de sangue, que ainda não saiu de vez da minha boca, misturado ao gosto do pão e do queijo. É, vai ser no dia em que um neto meu estiver comendo sanduíche e eu sentir minhas pupilas rejuvenescendo.

Então também vou falar da minha árvore, que decidi que vai ser essa da avenida, porque, desde que a gente descobriu aquele buraco e o vovô tentou enfiar a cabeça lá dentro, não parei mais de pensar nela, pois acho que aquele buraco do tronco servirá para guardar segredos, os segredos que eu vou contar para meu neto.

A GENTE NÃO PRECISA VER NADA

– Ei, que pressa é essa, rapaz!
O vovô não consegue acompanhar meu passo. Hoje estou andando no ritmo dos meus pais quando ainda estão com a cabeça cheia de trabalho.
– Desse jeito você não consegue reparar em nada.
– Mas eu já decorei o caminho!
– Você que pensa!
Ele para e olha em volta. Chega perto de um plátano. Olha as raízes e depois vai erguendo o olhar até que não consegue mais dobrar o pescoço. Então faço que nem ele e não vejo nada de especial. Ele fica assim um tempinho, até que eu puxo a mão dele:
– Vovô, o que foi que você viu?
– Estou só olhando. A gente não precisa ver nada.

E o rosto dele me diz que eu tenho que gravar aquela frase, que é para eu ficar quieto agora, olhar para cima e esperar, porque estou fabricando uma lembrança nesse exato momento.

EM CASA

Quando chegamos em casa no primeiro dia em que o vovô foi me buscar, a luz da cozinha estava acesa. Achei que a mamãe tinha voltado mais cedo do trabalho, mas era a vovó.

– Tá cozinhando o quê?
– O jantar, meu anjo.
– Já? Mas são só cinco e meia!
– Tem pratos que levam tempo.

E, desde aquele dia, jantamos com prato fundo e colher. A cozinha da vovó requer tempo, o tempo marcado pelos relógios que o vovô conserta.

– Os pratos da vovó são lentos na panela e rápidos no prato!

O papai praticamente limpou o prato, enquanto a mamãe ficava passeando com a colher para a frente e para trás, desenhando raminhos com as lentilhas que ela olhava sem ver, talvez porque, como o vovô tinha dito, às vezes não é preciso ver nada.

PÃO

– E o pão? – perguntou o vovô depois de terminar seu prato de lentilhas.

E essa era outra coisa que iria mudar com a chegada do vovô e da vovó em casa: prato fundo, colher e pão.

No dia seguinte, depois de ver umas quantas árvores, passamos pela padaria. E, em poucos dias, o padeiro já fazia brincadeiras com o vovô e ficavam dando tapinhas nas costas um do outro e rindo das bobagens que diziam.

– Você não me contou que o padeiro aqui do lado de casa era tão simpático, Jan!

– É que eu não sabia...

Não sei como ele consegue, o vovô, mas ele bate papo com todo mundo, como se já conhecesse desde sempre, e logo conquista a pessoa com suas histórias de relógios, árvores e tempos antigos e lentos.

AS LARANJAS

Na hora da sobremesa, a mamãe pôs a fruteira no centro da mesa e o vovô pegou uma laranja. Fez alguns cortes com a faca e então a descascou com os dedos.

A laranja era um relógio, as mãos do vovô manipulavam a laranja com movimentos calculados, como se a qualquer momento aquela fruta pudesse começar a fazer tique-taque.

– Quer? – e me ofereceu um gomo, com os dedos brilhantes.

Agora sei que as laranjas são mais gostosas quando descascadas por um relojoeiro.

3. AS HISTÓRIAS

OS DENTES

No primeiro dia, depois do jantar, me mandaram ir escovar os dentes e fecharam a porta da sala.

Com a escova de dentes na boca e o olhar no espelho, tentei decifrar o murmúrio de vozes dos meus pais e avós, mas não consegui.

Pensei que, a partir daquele dia, toda vez que escovasse os dentes antes de deitar iria ouvir as vozes dos meus avós na sala. E talvez devesse me alegrar com isso, mas não foi assim.

Eu gostava que o vovô me buscasse na escola e a vovó cozinhasse pratos lentos, mas escovar os dentes era algo que eu queria continuar fazendo no silêncio da nossa casa quando éramos só os três.

Abri a torneira e o jorro da água silenciou todas as vozes, até que o menino do espelho deixou de ser eu e aquelas que ainda eram minhas mãos fecharam a torneira e apagaram a luz com uma pressa estranha.

As vozes da sala tinham se calado e eu fui para o quarto, mas a porta da sala de jantar continuava fechada, e senti que ainda não tinha forças suficientes para abrir essa porta aquela noite.

A NOSSA HORA

Já na cama, fiquei impaciente esperando meu pai, que toda noite lê uma história para mim. "Tem certeza de que você já não consegue ler sozinho?", perguntou a mamãe um dia, e meu pai se adiantou e respondeu: "É a nossa hora".
— O que você acha de hoje o vovô contar a história?
Devia ter concordado. Devia ter dado um grito de "Viiiiva!", com pelo menos três ou quatro "is". Devia ter dado um pulo e desmanchado a cama inteira. Mas não.
Fiquei olhando os dois e, mesmo morrendo de vontade de ficar sozinho com meu pai, consegui dizer:
— Tudo bem. Mas amanhã é você de novo, hein, papai?
— Hoje é hoje, e amanhã é amanhã.
É a frase que meu pai diz quando me apresso a planejar coisas que não são para serem planejadas.

A HISTÓRIA

O vovô sentou-se ao pé da cama e ficou me olhando. Ficamos um tempo em silêncio e vi que ele também não queria estar ali, que teria preferido que meu pai me contasse a história, que estava ali pensando no que iria me dizer porque as nossas clonezinhas o tinham pressionado a fazer aquilo. Ele me disse tudo isso com os olhos.

— Quando o papai não está com vontade de me contar uma história, a gente repassa o que fez durante o dia.

— E você quer repassar o dia de hoje?

— Não sei. Você quer?

— Eu quero pensar no que a gente vai fazer amanhã.

E o sorriso do vovô voltou e dele saíram os galhos de todas as árvores que a gente iria ver no dia seguinte.

UMA CAMA COMO TEM QUE SER

Na primeira noite, o vovô e a vovó dormiram no escritório dos meus pais, como faziam toda vez que vinham nos visitar. A mamãe abriu o sofá-cama e preparou tudo bem devagar, com os olhos bem fixos nos lençóis, como se alguma coisa muito importante dependesse do fato de eles estarem bem esticados.

Meu quarto divide uma parede com o escritório e, depois que o vovô e a vovó me deram um beijo de boa-noite, ouvi os dois cochichando do outro lado. Imaginei-os vestindo o pijama, e uma espécie de felicidade dolorosa se instalou entre minha garganta e meu peito.

Depois ouvi a mamãe entrando lá para dar boa-noite e falando que logo eles iriam comprar uma cama como tem que ser, e segurei firme no lençol para não cair, não sei bem onde, mas para não cair.

FÁBULAS

No dia seguinte, o vovô ficou o dia inteiro especialmente nervoso. Mas eu via que era um nervosismo bom, como quando não vejo a hora de ir brincar com Moisés.

Voltando da escola, eu vinha andando, dando pulinhos, e ele me fez parar na frente de uma fileira de formigas no meio da calçada da rua Urgell.

– Você sabe o que é uma fábula?

– Uma história, não é?

– Sim e não.

E continuou andando, como se nada fosse. Mas só de olhar para a nuca dele dava para ver que estava sorrindo. Chegamos logo em casa, e vovô quis subir as escadas.

– Hoje à noite será uma fábula, Jan. As histórias, seu pai é que vai contar.

O papai, as histórias. O vovô, as fábulas. E a mudança já não era tanta mudança assim.

Fiquei tão calmo, que teria até adormecido.

PODEMOS SER CIGARRAS

Não sabia que a história da cigarra e da formiga era uma fábula. Meu pai tinha lido para mim fazia tempo, mas os dois insetos contados pelo vovô me soaram mais simpáticos.

— Então, quer dizer que a gente tem que fazer que nem a formiga, não é, vovô? – disse quando ele terminou de contar, para deixá-lo feliz.

— Não, também podemos ser cigarras.

— Mas aí no inverno...

— Deixe o inverno pra lá, ele ainda não chegou – e me pareceu que disse isso meio zangado.

E então me lembrei das formigas que a gente tinha visto de tarde, todas em fila, carregando migalhinhas de pão.

— Vovô, e se alguém pisar nelas antes que cheguem ao formigueiro?

Sabia que o vovô tinha visto as formigas nos meus olhos, que eu não precisava lhe dizer mais nada para ele me entender. Então deu de ombros, como se isso fosse a resposta.

As fábulas fazem pensar mais que as histórias, eu acho.

AS FORMIGAS

De manhã, foi o papai que me levou à escola.
– Jan, ficou abobalhado de repente? Está olhando o que no chão?
– Procurando umas formigas...
Contei para ele da fábula e que o vovô tinha dito que a gente pode ser cigarra, e que, a qualquer hora, alguém pode pisar na gente. E que eu estava agora querendo encontrar as formigas de ontem, para saber se tinham chegado até o formigueiro ou não.
O papai parou e alisou as sobrancelhas com dois dedos. Depois me olhou e me ajudou a procurar as formigas. Quando achamos, pegou uma e nos sentamos no banco de pedra em frente a uma loja que ainda não tinha aberto.
– A gente pode ser as duas coisas, Jan. Você agora tem que ser formiga, tem que se preparar para o inverno. Já o vovô pode cantar, porque o vovô já passou pelo inverno.

Não entendi muito bem, mas os olhos dele me diziam que não queria mais perguntas, e para mim também já estava de bom tamanho.

Há respostas que vêm sozinhas, mais tarde, talvez enfileiradas, como uma migalha de pão nas costas de uma formiga, ou pelo ar, como o canto de uma cigarra.

DE AVIÕES

Naquela noite, depois de escovar os dentes, eu fiquei à espera da segunda fábula, um pouco apreensivo, quando ouvi o papai suspirando logo antes de entrar no meu quarto:

– E aí, Jan, andou pensando mais nas formigas e nas cigarras? Quer que a gente fale mais sobre isso?

– Não. Quero ouvir uma história de aviões, uma história que não faça a gente pensar.

– Eu também!

E num pulo sentou-se na minha cama e essa história ele não leu de lugar nenhum, nós que fomos inventando, os dois, e fizemos do jeito que queríamos. Era uma história cheia de voos e dias de sol e com um final que fazia a gente decolar.

Tem dias que pedem histórias de aviões, de voar e de não encostar os pés no chão.

O INVERNO DO VOVÔ

Sonhei que o vovô tinha subido numa figueira lá na roça de Vilaverd e cantava, e cantava enquanto o papai, a mamãe, a vovó e eu ficávamos em fila, recolhendo migalhas do chão e pondo dentro de uma cesta. Fazia muito calor e o sol ardia. E então, de repente, chegava outro inverno e o vovô tinha ficado do lado de fora, morrendo de frio. E nós três comíamos migalhas de pão, e então já estávamos na nossa casa, em Sant Antoni. Eu olhava pela janela e via o vovô tremendo de frio no alto da figueira de Vilaverd e o papai dizia: "O vovô já passou pelo inverno". E a vovó dizia que sentia falta de ouvir o vovô cantar, e eu queria levar para ele alguma coisa para comer, e minha mãe queria lhe dar um pulôver. E meu pai fazia que não, que não, e voltava a dizer que o vovô já tinha passado pelo inverno, e obrigava a gente a comer e a se agasalhar, e fechava as cortinas para a gente não ver o vovô lá em cima da figueira. E então a vovó fazia todo mundo ficar quieto e, enquanto tentávamos jantar, ouvíamos os trinados do vovô e recuperávamos a fome.

A MAMÃE DENTRO DO JORNAL

– Seu leite vai esfriar, dorminhoco.
A mamãe lia o jornal e bebia café, e eu comia o café da manhã. O papai tinha saído cedo, e o vovô e a vovó ainda estavam no quarto. Ouvira os dois falando enquanto me vestia, mas a mamãe tinha dito que eles acordavam devagar, que não era para eu incomodar.
– Que sorte ter o vovô e a vovó aqui, não?
Ela falou isso com uma boca tão apertadinha, que achei que fosse sumir do rosto dela. Procurei seus olhos e não achei, estavam enfiados dentro do jornal e eu não conseguia vê-los.
Então quis contar meu sonho para ela, a fábula, o que o papai tinha me dito a respeito do vovô e do inverno, aproveitando que estávamos só nós dois na cozinha. Mas me pareceu que a mamãe não estava a fim de ouvir, que preferiria uma história de aviões e pronto. Então contei a história para ela.

— Fui eu e o papai que inventamos. Para os dias em que a gente não quer pensar.

E os olhos da mamãe saíram do jornal e me olharam pela primeira vez antes de levantarem voo.

LUZ E PERFUME

O cheiro do vovô e da vovó chegou antes deles na cozinha. Eu acabara de contar a história dos aviões e a mamãe decolava com os olhos. A vovó bateu palmas. Ela brilhava.

– São quinze para as nove e esse menino tem que ir pra escola!

A mamãe deu um último gole no café, beijou meus avós e me abraçou forte.

– Até mais tarde!

E, com um avô em cada mão, não pensei em formigas nem em invernos.

Íamos os três dentro de uma nuvem de perfume, o da vovó Caterina, porque ninguém se atreve a dizer que ela se perfuma demais. Aquele cheiro doce era tão forte, que iluminava. E eu não entendia como as pessoas não paravam ao ver a gente passar pela rua, os três bem agarrados pela mão, cheios de luz e perfume.

4. A LETRA QUE ME FALTA

UM MÊS

Já faz um mês que meus avós estão morando conosco. O escritório já virou o quarto deles, com uma cama "como tem que ser" e não aquele sofá-cama. A mamãe esvaziou um armário para eles guardarem as coisas. Num canto da bancada de mármore da cozinha, ficam todos os comprimidos que eles tomam. No banheiro grande, tem cinco escovas de dentes. E já faz dias que o papai diz que a gente precisa comprar um sofá maior.

    E já me dividiram bem. O vovô me conta uma fábula dia sim, dia não. E nos dias que não conta, é a vez do papai e das histórias. De manhã, o vovô e a vovó me levam à escola, exceto às sextas-feiras, quando a mamãe entra mais tarde no trabalho e me leva.

    Enquanto meus pais trabalham e eu fico na escola, meus avós passeiam, resolvem algumas incumbências e depois almoçam sozinhos em casa. Não consigo imaginar os dois sozinhos na mesa da sala de jantar. "Mas a gente almoça na mesinha da cozinha, meu anjo", diz a vovó. "O vovô Joan liga o rádio e a gente ouve as notícias, porque gostamos mais de ouvir do que de ver, como você sabe." Depois o vovô lava a louça e a vovó deita no sofá.

À tarde, é sempre o vovô que vem sozinho me buscar, enquanto a vovó fica em casa lendo, porque depois de almoçar ela diz que sente todas as dores. Na volta, eu e o vovô ficamos olhando as árvores, ele me conta alguma história enquanto como meu lanche e passamos na padaria para comprar pão.

Depois faço a lição com o vovô bem pertinho para tirar minhas dúvidas, e a vovó na cozinha faz um dos seus jantares de colher que a gente come, os cinco, na sala, com a tevê desligada, porque ninguém fica prestando muita atenção nela desde que meus avós chegaram.

Agora a gente conversa enquanto janta, o papai e a mamãe contam histórias do trabalho, e o vovô e a vovó sempre têm alguma coisa para contar do passeio matinal. E na sobremesa, enquanto o vovô descasca sua laranja, a vovó e a mamãe fazem aqueles olhinhos de quem olha para o passado e lembram coisas divertidas de muito tempo atrás, procurando o sorriso do vovô, que parece que não está muito a fim de ouvir a conversa delas. O papai e eu ficamos quietos, mas não conseguimos evitar de nos colocarmos no lugar do vovô, porque parece que ele pede isso da gente.

E tem dias que o papai interrompe uma lembrança da mamãe e da vovó pela metade, principalmente se elas estão falando do salgueiro-chorão, e faz isso se levantando rápido da mesa e dobrando os guardanapos com um "vamos, que já é tarde, família". Então eu também me levanto e recolho os copos fazendo barulho, e o vovô faz o mesmo, e leva a fruteira segurando-a com as ambas as mãos, arrastando muito os pés, como se fosse ela que avançasse para a cozinha e não ele.

SEXTA-FEIRA

A mamãe é professora, mas comigo não é professora nunca, diz que não pode. Por isso eu vou para outra escola e não para a dela. Se não, a gente ficaria junto de segunda a sexta, de manhã e à tarde. Às vezes penso que seria bom ir e voltar da escola com ela. Mas tiro isso da cabeça quando a imagino na sala de aula comigo, de olho em tudo o que eu faço.

Agora gosto ainda mais da sexta-feira, porque começo o dia com a mamãe. E de casa até chegar à escola, a gente conversa. Desde que o vovô e a vovó foram lá para casa tenho a sensação de que passo menos tempo com ela, ou de que ela gasta com eles parte do tempo que passava comigo. A mamãe faz dessas coisas.

– Não vai me contar nada? – ela quase me suplica, segurando forte minha mão, indo para a escola.

Antes eu não gostava que ela me segurasse pela mão, me dava um pouco de vergonha, mas, desde que meus avós chegaram, sou eu quem procura a mão dela quando a gente sai para a rua. Como eu não sei muito bem o que dizer, como não encontro as palavras porque devo estar gastando todas elas com meus avós, eu dou a mão a ela e confio que assim, de alguma maneira, a gente vai dizer alguma coisa um para o outro. Como agora, que eu aperto bem os dedos dela, reduzo o ritmo de meus passos e olho a mamãe bem nos olhos.

– O que você quer que eu conte? Acabei de acordar, mamãe.

– Sei lá, alguma coisa de ontem, das coisas... do que você e seu avô conversam. Você gosta que ele venha buscar você, não é?

– É. A gente fica falando das árvores.

– E vocês tocam nelas?

Agora é ela que para e olha para mim com um sorriso que procura meus olhos e quase faz com que fiquem embaçados.

– Ele fazia isso com você também?

– Claro. E... ele já falou do salgueiro-chorão dele?

– Ainda não. Ele diz que um dia vai falar.

– É bom você lembrá-lo. Se não ele esquece.

– Ele não esquece, não!

Não sei por que gritei. E então não falamos mais nada até ela me dar um beijo na porta da escola.

POR QUE EU ME CHAMO JAN

Outro dia, os olhos da mamãe, pelo espelho do elevador, me avisaram. Não sei do quê, mas me avisaram.

– Sabe por que você se chama Jan?

Era disso que me avisavam. Ultimamente não quero ter respostas, prefiro histórias de aviões.

– Por quê?

Agora eu poria as mãos na cabeça, como quando Moisés chuta muito forte e é minha vez de ser o goleiro.

– Por causa do vovô. Ele queria que a gente pusesse o nome dele em você.

– Mas ele se chama Joan.

– É que o seu pai não queria que você tivesse o mesmo nome do seu avô. E a vovó e eu achamos uma solução.

– Tirar uma letra.

– A letra "ó".

E ela desenha um círculo na minha bochecha, um círculo que arde, e então olho no espelho antes de sair no andar porque tenho medo de que tenha ficado uma marca. Não quero que fique marcada a letra "ó", não quero. Esfrego a bochecha bem forte com a mão, a letra "ó" não é minha, é do vovô, é do vovô.

A LETRA "Ó"

No caderno de catalão, escrevi meu nome e o do vovô.
Jan.
Joan.
Fiquei imaginando as clonezinhas riscando a letra "ó" para que o papai e o vovô concordassem. Apagando. Rasurando.
Vi as duas na cozinha, aos cochichos, escondendo o "ó" debaixo de um pano ou entre as cascas de batata e de ovo, no lixo. No bolso do avental, na caixa de fósforos, no pote das colheres de pau.
Mas o "ó" crescia e elas não conseguiam escondê-lo em lugar nenhum. Inchava como um bolo assando no forno, um "ó" cheio de fermento.
A vovó pegava o "ó" e enfiava na pia, abria a torneira e o deixava de molho na água fria, desesperada, mas a letra crescia e crescia, e a mamãe esvaziava a terceira gaveta da cozinha, e cobria o "ó" com panos coloridos, com estampas

de frutas, verduras e dos dias da semana. E os panos ficavam todos ensopados e a água transbordava, e a vovó e a mamãe acabavam as duas molhadas e...

– Jan, acorde!

Uma cotovelada do Moisés me salvou de levar uma bronca da professora de catalão.

RELÓGIO

Quando faltava pouco para as cinco horas, fiquei de novo parado olhando para o relógio da sala de aula.
— Tá rindo do quê, Jan?
Mas o sinal tocou e saí correndo até topar com o vovô no meio daquele bolo de gente...
— A letra "ó" é um relógio!
— Respire, maluquinho. O que você disse?
— A letra "ó", aquela que eu não tenho e você tem. É um relógio, vovô.
O vovô sorriu e disse que já sabia o que ia me comprar de lanche, porque sexta-feira é dia de comer doce.
Enquanto a gente ia até a padaria, percebi que minha bochecha ardia, aquela em que a mamãe tinha desenhado o "ó". Fiquei esfregando de novo, com medo de que o vovô visse a letra, mas, quando levei a mão à bochecha,

o dedo indicador ficou repassando suavemente uma vez e outra, até que o padeiro falou boa-tarde com o "ó" que eu emprestei para ele.

DONUT

Com os dedos grudentos do açúcar do *donut* que o vovô havia comprado para mim, fiquei apontando para todas as coisas redondas que via pelo caminho.

– Então, sua letra "ó" é um relógio, hein, vovô? Por isso que eu não tenho.

– Mas acabei de lhe dar uma e você quase a engoliu inteira, seu guloso!

– Ainda tenho um pouco dela nos dedos.

Chegamos em casa rindo porque os botões do elevador eram "ós" e o olho mágico também.

– Caterina?

– Vovó?

Enquanto eu lavava a mão, o vovô foi até aquele que já era o quarto deles para ver o que a vovó fazia.

– Está dormindo. De boca aberta. Em forma de "ó".

MEDIEVAL

Quando a vovó acordou, perguntei como haviam tirado, ela e a mamãe, a letra "ó" do meu nome. Ainda deitada na cama, a vovó segurou minha mão e disse que tinha sido minha mãe, com um dicionário.

— Sua mãe falou que seu nome era medieval, que era como Joan, mas na Idade Média, e seu pai concordou.

— Medieval!

— Isso. E só é preciso dizer que uma coisa é medieval que, pronto, já conquistou seu pai, você sabe. Ele e as coisas antigas.

A vovó balança a cabeça, mas sorri, revirando os olhos, talvez relembrando a mamãe e o dicionário que ela usou para que eu pudesse ter o nome do vovô, mas sem o relógio.

Quando o papai chega, corro para recebê-lo:

— Por que você nunca me contou que meu nome é medieval?

— Achei que você já soubesse.

O papai tem esse jeito. Como a mamãe diz, separa tanto a família do trabalho, que, quando trabalha, não se lembra da gente e, quando está em casa, nem pensa na universidade. E isso apesar de, como ele sempre repete, *adorar* o trabalho.

– Se você quiser, hoje à noite eu conto alguma coisa do rei Artur.

– Sim, por favor!

A HISTÓRIA

Quando eu era menor, dizia que o papai trabalhava contando histórias, mas agora já sei que o que ele conta é a História, com agá maiúsculo, grande, importante. Ele diz que é o agá da humanidade, o agá dos homens, e que a gente escreve com letra maiúscula porque ela aguenta muito peso, o peso do mundo desde que é mundo. E é esse peso que ele explica nas suas aulas na universidade. Quando não está pesquisando.

O que o papai gostaria era de ser pesquisador. E quando diz isso, imagino meu pai entre as pirâmides ou com um microscópio e um jaleco branco. Mas ele pesquisa com luvas brancas e livros antigos que têm um cheiro de igreja. Diz que a História já passou, mas que é preciso pesquisar, entender e saber explicá-la para que não se repita, para que a humanidade caminhe para a frente em vez de andar em círculos.

LINHAS E CÍRCULOS

À noite, o papai me conta uma história com agá minúsculo e cheia de cavaleiros e façanhas incríveis que não acabam mais. E é a mamãe que vem avisar que já está tarde e precisamos dormir.

– Mais linda que a rainha Guinevere!

Eles se beijam e percebo que nós três sentimos falta de um momento como esse, um momento medieval, de Jan sem "ó", mamãe sem olhos de vidro e papai arturiano.

Pego no sono e logo estou sonhando. Desde que meus avós passaram a morar aqui em casa, eu me lembro de todos os sonhos.

– Tá com a cabeça onde hoje, Jan?

Tomando o café da manhã, fico relembrando o que sonhei. O papai desenhava uma linha no chão com uma espada. O vovô corria atrás dele, desenhando círculos com um galho, numa linha paralela à do papai. E eu olhava os dois com uma espada numa das mãos e um galho na outra, e sentia muita dor de cabeça. Então deixava o galho no chão para esfregar a testa, e os círculos e o vovô sumiam, e a linha do papai era mais funda, e ele me pedia ajuda para reforçá-la com minha espada. Mas eu voltava a desenhar os círculos do vovô numa linha paralela à do papai e, dessa vez, como eu fazia isso com a espada, eles não desapareciam.

RAINHA GUINEVERE

– O Jan ainda está sonhando! – diz o papai quando me vê com os olhos dentro da xícara. – Bom dia, sua majestade! – diz, dirigindo-se à mamãe.

Quando o papai está de bom humor, a mamãe é a rainha Guinevere.

Há uns segundos de silêncio e penso que talvez minha mãe não queira ser rainha hoje. Dá para ouvir as vozes dos meus avós, ainda no quarto, e o tique-taque do relógio da cozinha. Então ela sorri:

– Bom dia, meu rei!

"Meu rei" é a mamãe contente. Saio da xícara, esqueço o sonho que agora sei que era um pesadelo e sorrio para suas majestades.

NOSSOS TRONOS

Em casa, quando estamos contentes, somos todos reis. Meu rei, como foi seu dia? Onde foi parar meu celular, rainha? Você já fez a lição, reizinho? A mamãe é quem mais diz isso em casa, mas a vovó ganha dela, porque chama de rei e rainha todo mundo que encontra, mesmo que nunca tenha visto a pessoa na vida. A mamãe só diz isso para o papai e para mim. E o papai só chama a mamãe de rainha. E eu, por enquanto, não chamo ninguém assim, porque não consigo. Mas agora gostaria de saber chamar os outros do jeito que eles, os adultos, fazem, um jeito que parece que só aquela palavra encaixa bem, e nenhuma outra, que, quando você ouve chamarem você de rei, sente um calorzinho vindo do fundo da barriga e parece que não vai ficar doente nunca. Agora gostaria de saber dizer isso e encontrar um jeito de conservar nossos tronos para sempre.

5. PRIMEIRO A MEMÓRIA

SEM SANDUÍCHE

A cara do vovô às cinco horas, no meio do bosque de caras. Sua mão que me despenteia e me pergunta como foi meu dia. Meus olhos que lhe dizem que tenho fome. E os dele, que ficam como de vidro. De um vidro escuro e opaco.

– Ai, Jan.

Esse "Ai, Jan" é novo, e não sei o que quer dizer.

O bosque de caras, de corpos, desaparece: primeiro porque não o vemos, depois porque todo mundo vai indo embora e ficamos sozinhos, o vovô e eu.

– Ai, Jan.

E continuo sem entender, mas não gosto do vidro escuro que recobre seu olhar. Ele revira os bolsos com uns gestos exagerados e me olha, incapaz de falar, implorando que seja eu que diga o que está acontecendo, o que significa esse "Ai, Jan".

– Esqueceu de trazer o sanduíche?

Faz que sim com a cabeça e não diz mais nada. Agora tenho um buraco no estômago e sinto que não é de fome. É um "ó" gigante e ardido que se retorce dentro de mim. E dá para ver que o vovô carrega outro "ó" enorme nos ombros, que faz uma sombra que vai tingir o caminho inteiro até em casa.

Começamos a andar e o barulho dos passos arrastados do vovô parece querer rachar meus ouvidos. Quero que ele esqueça o sanduíche, já perdi a fome:

– Vovô, você precisa me falar do seu salgueiro-chorão...
– Outro dia, Jan, querido.

A SOMBRA

De mãos dadas, vamos para casa sem olhar nem para as árvores nem para as ruas. E a sombra nos persegue.

– Não tem problema. Eu como quando chegar em casa.

Quantos passos me custou dizer isso?

O vovô olha para a frente e aperta minha mão mais forte. Ou é a sombra que faz isso?

Os passos arrastados dele parecem contar as batidas do coração, as dele e as minhas, porque agora vamos os dois no mesmo ritmo. Eu me adapto como posso ao ritmo que o vovô Joan marca com seu passo, porque é ele quem tem relógio e não eu. Respiro como ele, caminho como ele, carregamos nossos "ós", ele nas costas e eu na barriga, e tingimos a rua com uma sombra nova que tenho a impressão de que veio para ficar.

A VOVÓ NA RUA

– Que caras são essas?

A vovó está no meio da rua com o sanduíche na mão. Dá para ver que saiu às pressas porque não veio acompanhada da nuvem de perfume e está um pouco despenteada.

A vovô passa a mão no cabelo dela, que lhe entrega o sanduíche. A sombra recua com a luz da vovó e desaparece.

– Dá para o menino, ele deve estar com fome.

O vovô vira criança quando me dá o sanduíche. E agora entendo o que é não ter fome quando você deveria ter. Mas quatro olhos aguardam minha primeira mordida, então desembrulho e mordo, e demoro um pouco para sentir o gosto do pão, do tomate, do salame.

Mastigo e continuo andando no meu ritmo, agora do lado do vovô e da vovó, que conversam em silêncio, de mãos dadas, até chegarmos em casa.

MUDO

O vovô demorou para voltar a falar. E quando falou, eu teria preferido que ficasse mudo.

– Primeiro vai ser a memória...

Disse isso como se não falasse comigo, como se dissesse isso para o silêncio que dormia aos pés do sofá. Mas dizia para mim.

O silêncio foi embora pouco a pouco, como um gato que sabe aonde vai e não tem pressa.

– Primeiro vai ser a memória. Está ouvindo?

Ele procura meu olhar, zangado.

– Não sou surdo!

Também me zango. Eu me zango e vou para meu quarto. Bato a porta com força e ouço meus avós cochichando. Parece que a vovó está tentando acalmar o vovô, e ele continua dizendo que primeiro vai ser a memória, primeiro vai ser a memória. Então ela se cala e deixa ele repetir a frase, cada vez mais baixinho, até a frase desaparecer, e então fico tentado a abrir a porta para ver se ele também sumiu.

Abro um tantinho, um dedo, só para ver como a vovó tapa a boca dele enquanto lhe dá beijos na testa, sentada num braço do sofá. O vovô fecha os olhos, fica largado, com os braços caídos como... Como os ramos de um salgueiro-chorão.

SURDO

Preferia ser surdo e não ter ouvido as palavras do vovô. Primeiro vai ser a memória. Outra frase que não sei o que quer dizer, mas que sinto que fica gravada na parte de dentro da minha pele. Preferia ser surdo, mas acho que mesmo assim ouviria, porque há palavras que são ditas com o corpo e são os corpos dos outros que as ouvem, não tem a ver com bocas e ouvidos.

Desde que meus avós estão morando conosco, o que me chateia é o silêncio, o silêncio que fala quando todos se calam, quando o vovô deixa uma frase pela metade, quando a vovó estende uma lembrança em cima da mesa, entre as cascas de laranja, e ele não enxerga. Gostaria de ser surdo para esse silêncio.

É SÓ UM SANDUÍCHE

– Posso entrar?
    A vovó enfia a cabeça pela porta. Estou sentado na cama. E como não dá para ficar surdo, fico mudo. Faço que sim com a cabeça. Ela entra, fecha a porta e se senta ao meu lado.
    – É só um sanduíche. Não fique bravo.
    – E também não estava gostoso hoje.
    – Imagino.
    – Não deixe o vovô esquecer amanhã, hein?
    – Mas hoje não foi ele que esqueceu. Eu é que não dei pra ele, sabe?
    Faço que sim com a cabeça e volto a ficar mudo.
    – Bom... não vai querer mais então? Deixei lá na cozinha, você vem?
    Faço que não. A vovó se levanta e sai devagarinho. Demora muito para fechar a porta, como se fechá-la fosse outra coisa que eu ainda não entendesse. Como a frase do vovô.

A LIÇÃO DE CASA

Custei a abrir a porta que a vovó havia fechado tão devagar. Pesava.

Na sala, a vovó lê com os olhos fora do livro. E agora entendo por que a porta pesava tanto: é que o vovô estava olhando para ela.

– Não tem lição hoje?

Faço que sim com a cabeça.

– Então, vamos lá, sente-se e comece, que logo sua mãe vai chegar.

E faço a lição com os olhos fora do caderno. Como a vovó e o livro. Como o vovô agora com o jornal. Cada um escondido num papel porque a mamãe está para chegar.

QUE SILÊNCIO

A mamãe chega tão contente como de manhã. Ainda é a rainha Guinevere. Abre a porta do hall e quase despenteia a gente. Seguro com força o caderno.
– Que silêncio!
Meus avós apontam para mim.
– Ah, ainda na lição?
Faço que sim com a cabeça. Acho que tenho que continuar mudo, que a vovó me pede isso por trás do livro. Então as clonezinhas se fecham na cozinha e o vovô se concentra tanto no jornal que agora até ele fica da cor cinza das notícias.

CINZA

A mamãe e a vovó saem da cozinha quando eu já revisei a lição de matemática mais de três vezes. Também estão cinza agora. Mas uma nova rajada de cores atravessa a porta do hall. O rei Artur.

– Nossa, tô morrendo de fome! Que é que tem pra jantar?

Na cozinha ainda não há nenhuma panela no fogo, o que ferveu foram só duas cabeças, as das clonezinhas.

– Pois hoje, rapaz, vai ser pão com queijo e frios!

E toda a fome do meu pai é a que meu avô e eu perdemos.

SALAME

A mamãe e a vovó prepararam uma bandeja de frios e queijos, as duas juntinhas, grudadas num canto da bancada de mármore da cozinha. Iam cortando e colocando as fatias bem devagarinho e com muito cuidado, enquanto o papai cortava fatias de pão e passava molho de tomate nelas com a pressa de uma fome multiplicada por três. O vovô e eu arrumamos a mesa em silêncio.

— Bom apetite, família!

O papai continua de todas as cores e pega uma fatia bem escura e redonda de salame, que, na mão dele, parece muito apetitosa.

— Jan, hoje não vai querer salame?

— É que ele já comeu de lanche, não é, filho?

E eu vejo um monte de buracos negros no meio da bandeja. E o papai come vários.

PARA TRÁS

Hoje sonho indo para trás. Estou na casa do vovô e da vovó. Em Vilaverd. Uma casa pequena de dois andares que sempre tem cheiro de lenha queimada, até mesmo no verão. O vovô está no seu escritório-oficina, às voltas com um relógio que não quer contar o tempo. A vovó descasca batatas. O papai e a mamãe estão no terraço lendo e tomando sol. E eu olho tudo e não estou lá, ou estou, mas não me veem, porque só olho e olho, e olho, o vovô e o relógio, a vovó e as batatas, meus pais e o sol, e o aroma de lenha queimada que eu cheiro e quase mastigo. Mas, de repente, sim, me veem, sou o relógio que não quer contar o tempo nas mãos do vovô, e sinto uma dor no estômago, muita dor, porque o vovô tenta colocar uma rosca nova em mim, redonda como um "ó".

6. VILAVERD

LENHA

Uma vez fui passar um fim de semana na casa dos avós do Moisés. Eles moram numa cidadezinha à beira-mar, Sant Antoni de Calonge, num prédio com piscina, e passam o dia inteiro de roupa de banho e chinelo.

– A gente só sai da água pra comer e dormir! – disse Moisés todo animado.

– E o cheiro de lenha?

– Que cheiro de lenha?

– As casas dos avós tem cheiro de lenha.

– O quê? Não, a casa dos meus avós tem cheiro de mar.

Foi assim que descobri que as casas dos avós têm, sim, um cheiro especial, mas não é o mesmo em todas.

E as avós, as avós também têm um cheiro especial e único. A do Moisés tinha cheiro de protetor solar e salsinha da peixaria.

– O que é isso?

Em cada refeição, eles me surpreendiam com uma nova espécie de peixe ou de marisco.

– Ostras. Você nunca viu? Aqui em casa a gente adora!

O avô do Moisés, o senhor Robert, pegou uma com a mão em concha e com a outra mão pegou meio limão, espremeu umas gotas por cima, então abriu a boca, engoliu o conteúdo viscoso daquela casca rugosa e feia, fechou os olhos e saboreou-o soltando um "hummm!" muito ruidoso, líquido e um pouco desagradável.

– Vamos, experimente, Jan! – disse Moisés enquanto pegava uma da bandeja que a avó dele deixara no meio da mesa.

– Que gosto tem? – perguntei para retardar a hora de colocar aquele troço na boca.

– De mar! – disseram os três ao mesmo tempo.

A avó do Moisés, a Fina – "não precisa me chamar de senhora, faz eu me sentir mais velha!" –, pegou uma, temperou com umas gotinhas de limão e me passou:

– Tome, Jan, pode comer sem medo.

Levei aquilo à boca, fechei os olhos para não ver, não para fazer "hummm!" como o senhor Robert, e saboreei devagar, primeiro com receio, depois com nojo, porque tinha uma textura pior do que eu imaginara, e, no final, com os olhos bem arregalados:

– É verdade, tem gosto de mar!

– Bom, não é?

– Não, nem um pouco! – disse eu, pegando desesperado meu copo de suco de laranja.

Os três riram e acabaram com as ostras da bandeja enquanto eu atacava os camarões na chapa, chupando as cabeças "como um profissional", do jeito que o senhor Robert me ensinara. A casa dos avós do Moisés tinha cheiro de mar e eles comiam pratos com gosto de mar também, e a casa dos meus avós tinha cheiro de lenha e comíamos pratos com gosto de lenha.

TIQUE-TAQUE

Umas semanas depois, Moisés também foi passar uns dias na casa dos meus avós em Vilaverd.

— Que barulheira! — e assim que entrou, tapou os ouvidos e começou a correr os olhos pelas paredes, observando a coleção de relógios antigos do vovô. — Qual deles dá a hora certa?

O vovô desatou a rir e nos levou até sua oficina. Ficamos ali até a vovó chamar para o almoço. Vimos as entranhas de muitos relógios antigos que o vovô tem guardados numa vitrine. Ele mostrou até um velho cuco que um vizinho do bairro levou para consertar e nunca mais veio buscar.

— Acho que quis se livrar dele porque não o deixava dormir!

Nós três demos muita risada. Mas, no dia seguinte de manhã, Moisés não ria mais, estava com uma cara "de enterro", que, segundo o vovô, era de assustar.

— O que você tem, meu filho?

A vovó fez o menino se sentar na cadeira diante do fogão a lenha, onde dizem que minha bisavó sentou até morrer. Nunca sentei ali, me dá a impressão de que seria como sentar no colo dela, e vovó sempre conta que ela tinha um gênio muito ruim.

– Acho que não dormi nada. Os tique-taques à noite soam mais alto ainda e se multiplicam, e falam, e inventam ritmos e canções... Me deixaram muito nervoso!

O vovô riu e a vovó cutucou-o com o cotovelo. O papai fica igualzinho quando a gente pernoita em Vilaverd. Levanta com umas sombras escuras debaixo dos olhos, a voz mais grave que o normal e passa o dia reclamando, algo que não costuma fazer.

Moisés não tinha sombra nenhuma debaixo dos olhos, o que estavam era inchados, e a voz era a de sempre, mas mais fraquinha. E o vovô acariciou o cabelo dele, ainda despenteado, e o tranquilizou:

– Depois do café da manhã, vamos dar uma volta na roça e você vai poder tirar uma soneca debaixo de uma amendoeira. Isso cura tudo!

O vovô e sua fé nas árvores.

A ROÇA

A amendoeira do Moisés. Tem uma amendoeira na roça dos meus avós que, a partir daquele dia, ficou sendo a do Moisés, porque ele deu uma dormida ali tão boa, que até roncou. Mas primeiro tive que explicar para ele o que era uma roça.

– Como assim, uma roça? Uma roça do quê?
– De terra, de plantações, como se fosse uma horta.
– Mas seus avós moram no meio do povoado, numa pracinha de cimento!
– A roça que eu tô falando fica a meia hora, na periferia de Vilaverd.
– Então eles são camponeses também?
– Não, a terra era dos meus bisavós, eles, sim, eram camponeses e viviam de cultivar amendoeiras, avelaneiras, macieiras e pessegueiros. A vovó é costureira e o vovô você já sabe o que ele é, certo?
– Nem me lembre!

– Agora, na roça, só restaram algumas amendoeiras, uma figueira, batatas, tomateiros e alfaces, e o vovô e a vovó dizem que vêm aqui mais para se distrair e esticar as pernas.

– Nossa, que ideia, esse sol daqui queima! – disse isso fechando os olhos, ofuscado e já meio caindo de sono, enquanto se deitava à sombra do que seria sua amendoeira.

Enquanto Moisés dormia, o vovô e eu ficamos repassando árvore por árvore a história da família.

– E o seu salgueiro-chorão, vovô? Onde ficava exatamente?

– Na pracinha.

– Na pracinha? Mas ela é de cimento!

– O cimento chegou depois do chorão. Um dia eu conto para você.

O SOL QUE QUEIMA

– Todo mundo pronto?
 O papai sempre diz isso quando desliga o motor depois de estacionar na praça principal. Então a mamãe resmunga e comenta o quanto o papai é da cidade mesmo, e sai do carro, e respira tão fundo, que acho que um dia ela vai inflar e sair voando.
 – A primeira sombra é só na casa da Crua, lembrem-se disso!
 O papai fecha o carro à distância, enquanto corre até a calçada que leva até a casa dos meus avós, e já se esconde à sombra da sacada que tem ali.
 A mamãe, em compensação, vai andando devagar, parando, continua respirando fundo como se nunca tivesse respirado na vida e se deixa acariciar pelo sol, como ela diz.
 Eu sempre tento fazer igual a ela, mas chega uma hora que não consigo mais e corro como um desesperado até a casa da Crua.

O sol de Vilaverd queima, Moisés tem razão. Mas para a mamãe, nascida ali, deve ser verdade que o sol a acaricia, porque, sob sua luz, ela fica mais macia, mais rosada, mais lenta, e tudo isso a favorece tanto, que, se eu fechar um pouco os olhos enquanto a observo da sombra da casa da Crua, quase consigo vê-la menina e fico com vontade de vê-la saltar e correr, com a voz mais aguda e os joelhos ralados, e é um desejo tão forte, que um dia vou torná-lo realidade, ainda que só por alguns segundos.

A CASA DA CRUA

A Crua tem esse nome porque faz linguiças, que são mais ou menos como as de Barcelona, só que mais gostosas. Moisés já começou a ficar com medo dela por causa do nome e, quando viu dona Manela, a Crua, quase saiu correndo.

A dona Manela anda sempre de preto. A mamãe diz que ela se veste de preto desde que seu marido morreu, e isso já faz mais de trinta anos. E parece também que tem um problema na vista e não aguenta a luz do sol direta – e logo em Vilaverd, que o sol brilha com essa fúria toda! Por isso usa uns óculos enormes e muito escuros, então nunca dá para ver os olhos dela. Caminha com uma bengala toda torta que há trinta anos devia ser um galho, e prende o cabelo num coque cinza, tão esquálido e amassado, que faz a cabeça dela parecer uma casca de noz com óculos.

– Bom dia, dona Manela. Este aqui é o Moisés, um amigo do Jan que veio passar o fim de semana conosco – informa a vovó gritando, para ela poder ouvir.

– Muito bem, garotinho. Quando você for embora, vai ter umas linguiças para levar!

A mão da Crua pousou no ombro do Moisés, que ficou duro que nem um poste.

– Se a Crua conseguiu ver a gente, é porque chegamos! – disse o vovô rindo quando já voltávamos para casa. – Ela não perde nada!

– E... o que ela quis dizer com as linguiças? – Moisés ainda tremia. – E o que... o que essa Crua coloca nas linguiças dela?

O vovô e a vovó riram e então eu é que tive que acalmar meu amigo, que ainda passava a mão pelo ombro no lugar em que minutos antes havia estado a mão da Manela.

A PRACINHA SEM SAÍDA

O vovô gosta de dizer que mora na praça Catalunya e, quando quem ouve cai na armadilha de achar que ele mora em Barcelona, ele continua e diz que *sua* praça Catalunya não tem nem vinte metros quadrados e que nela moram apenas três famílias. E é então que menciona o nome Vilaverd e fica todo inchado e brilha daquele jeito que faz a vovó ficar impaciente.

– Joan, pare de brincadeira!

A praça Catalunya de Vilaverd é menor que minha sala de aula. Tem três fachadas de casas, alguns canteiros e um banco de pedra, e não bate muito sol. O chão agora é de cimento, mas, quando o vovô tinha minha idade, o vento levantava nuvens de poeira de cor ocre quando se atrevia a entrar na pracinha sem saída. É assim que o vovô a chama, e ele faz uma voz de locutor de rádio quando diz que é a única da Catalunha. "É uma coisa que não tem nem nome", diz, "porque rua sem saída há muitas, mas você já ouviu falar de alguma pracinha sem saída?", e então olha você nos olhos enquanto ergue os ombros até encostarem nas orelhas, levanta as mãos como se quisesse verificar se está chovendo e sorri daquele jeito dele quando sabe que tem razão.

Numa das casas já não mora ninguém e na outra moram uns avós como os meus, Matilde e Ignacio, que no verão também recebem a visita do neto, Antonio, que é um ano mais velho que eu e conhece todos os cantos do povoado.

Já faz uns dois verões que Antonio e eu conseguimos que eles nos deixem jogar bola na praça principal, porque, na nossa pracinha, a gente sempre fica chutando a bola contra as paredes e a avó do Antonio, a dona Matilde, que tem a mesma dor de cabeça há dez anos, reclama porque a gente faz barulho.

O vovô diz que aprendeu a andar de bicicleta aqui, na pracinha sem saída, e que, quando ele estava prestes a cair, era só esticar o braço e se apoiar na parede que estivesse mais próxima ou na árvore plantada bem no meio.

Eu tenho dificuldade de imaginá-lo pedalando em círculos nesse espaço tão reduzido, levantando pequenas nuvens de poeira enquanto tentava fixar a vista adiante e não no guidão, com o olhar rebatendo de uma parede a outra, como a bola que Antonio e eu chutamos até que a vovó Matilde implorasse, lá da janela do quarto dela, para a gente parar. E tenho mais dificuldade ainda de imaginar que, no meio dessa pracinha, alguma árvore tenha conseguido existir.

– Aqui tinha uma árvore? Impossível!

– Claro que tinha. Já contei isso para você. O meu salgueiro-chorão, Jan!

A PRAÇA PRINCIPAL

– Cuidado com os carros, Jan!

A vovó se preocupa sempre que vamos à praça principal, porque todo mundo que vem ao povoado chega por ali. Mas o silêncio de Vilaverd é tão denso, que, se um carro se aproxima da praça, a gente ouve bem antes de vê-lo e tem tempo de pegar a bola e se sentar no banco de pedra. Além disso, eu sou de Barcelona e Antonio é de Cornellà e estamos carecas de saber que é preciso ter atenção com os carros.

Mas nem sempre conseguimos lugar no banco. Os velhos do povoado costumam se sentar nele, porque é o único canto com sombra de toda a praça e dali eles podem ver tudo: a igreja, os balanços, a rua que desemboca na pracinha, a estrada por onde chegam os carros, a ladeira até os tanques de lavar roupa.

Quando o banco fica cheio de velhos – cabem quatro –, o silêncio fica mais denso ainda, porque eles não falam, sequer se olham, ficam só passeando um palito de dente pela boca ou um raminho de erva-doce e têm a vista fixa num ponto indefinido da praça.

De vez em quando, um deles, nem sempre o mesmo, levanta o braço esquerdo, só o suficiente para que o punho da camisa suba meio palmo e ele possa ver o relógio ao aproximar o pulso a dois palmos do nariz; então diz que horas são e os outros fazem que sim com a cabeça.

O vovô diz que isso é ver passar o tempo. Eu digo a ele que desse jeito eles só conseguem é esticar a tarde, e o vovô também faz que sim com a cabeça, como os velhos do banco, e diz: "É disso que se trata, Jan, meu querido".

O TEMPO

O tempo passa mais devagar na casa do vovô e da vovó, e não sei se é por causa desse sol que queima, pelo silêncio denso ou pelo monte de relógios que o contam, tique-taque, tique-taque. O vovô diz que é o contrário, que em Barcelona sempre estamos com pressa, e talvez tenha razão, porque quando volto no final do verão, depois de mais de um mês no povoado, demoro uns dias até recuperar o ritmo em tudo.

– Ei, acorde, você parece que é de Vilaverd! – diz a mamãe rindo, e conta de novo o que aconteceu com o vovô na primeira vez que veio à cidade procurar umas peças especiais de reposição para seus relógios.

O vovô via todo mundo andando tão apressado pela rua Tallers, que achou que havia algum incêndio por perto e começou a correr também, e quando chegou à loja e perguntou se alguém sabia alguma coisa do incêndio, o dono ficou muito alarmado e foi até a rua, apavorado, procurando a fumaça. Quando viu que estava tudo tranquilo, perguntou ao vovô onde estavam as pessoas que corriam e ele apontou para todos os que passavam pela rua, e o dono da loja começou a rir e perguntou de onde ele era. Foi quando o vovô ficou todo inchado, começou a se iluminar falando do seu povoado, e não levou nem um ano para o dono da loja ir visitá-lo. Cinco anos depois, quando a mamãe nasceu, o vovô e o dono da loja, o senhor Miñambres, eram tão amigos, que ele virou padrinho de batismo dela. Eu não cheguei a conhecê-lo, nem o papai, mas a mamãe e meus avós dizem que ele acabou virando um apaixonado por Vilaverd e que a loja dele era cheia de fotos da praça, do rio, dos tanques de lavar, da igreja e de todos os cantos do povoado, porque ainda por cima era um bom fotógrafo.

Na sala, a gente tem uma foto da mamãe pequena tirada no estúdio do senhor Miñambres, e atrás da moldura tem uma etiqueta com o endereço da loja dele: Peças Miñambres, rua Tallers, 33, Barcelona.

O TERRAÇO

Quando não saio para brincar com Antonio na nossa pracinha ou na praça principal, gosto de subir até o terraço. Dali vejo o povoado inteiro e os campos em volta. O vovô deixa as amêndoas secando ao sol, e a vovó põe um monte de vasos com gerânios de todas as cores. E tem ainda dois varais compridos que se cruzam no céu e servem para estender a roupa, e, quando há lençóis estendidos, eles são as velas do meu navio, que singra os mares, que são as terras e as montanhas em volta, e então faço uma espada com pregadores emendados para lutar contra os piratas.

O papai e a mamãe gostam de ir ao terraço à noite, sempre que vão a Vilaverd. Quando meus avós e eu estamos dormindo, eles pegam duas cadeiras e duas taças de vinho e ficam curtindo o ar fresco. Eles se sentem bem no escuro, como se quisessem se esconder, mas a mamãe diz que tem luz suficiente para ver o que precisa ser visto, os olhos brilhantes do papai, as estrelas, a lua e o cristal das taças.

No inverno, é no terraço onde mais se sente o cheiro de lenha queimada, porque é lá que fica a chaminé da lareira. Sempre me fascina ver as nuvenzinhas de fumaça subindo pelo céu como um rebanho de ovelhas.

Um dia em que estava encantado com as ovelhas de fumaça dispersas pelo azul do céu, o vovô me contou que o seu salgueiro-chorão um dia também fugiu subindo, depois de aquecer a casa.

– Queimaram sua árvore?
– Foi, fizeram lenha dela.
– E por quê?
– Porque tiveram que cortá-la.

O vovô ficou olhando o céu depois de dizer isso e me pareceu que ainda via algumas das nuvens de fumaça do seu salgueiro-chorão. Mas não consegui perguntar por que tiveram que cortá-lo, pois a vovó veio chamar para jantar.

A LAREIRA

Nós costumamos passar o Natal em Vilaverd e celebrar a Castanhada. A vovó torra as castanhas na lareira e a casa inteira fica com um cheiro que aquece. E como é mais frio que em Barcelona, o calor das castanhas e as batatas-doces quentinhas despertam mais o apetite do que os *panellets*.*

No Natal, o *tió*** descansa e come tangerinas em frente à lareira, e o vovô todo ano lembra que, quando eu era pequeno, fiquei bravo ao ver que punham o *tió* ali, porque parece que eu não achava certo que ele visse como queimavam seus primos, os troncos. Todo mundo ri quando ele conta isso, mas eu não acho nada engraçado.

* *Panellets* são um doce da Catalunha, à base de farinha de amêndoas e batata-doce, consumido na tradicional festa da Castanhada. (N. do T.)
** O *tió* é um elemento do Natal catalão: um pequeno tronco decorado com olhos, nariz e boca sorridente e um gorro catalão (a *barretina*), coberto por alguma manta grossa, e que as crianças golpeiam com bastões cantando canções, para que no dia 25 de dezembro ele "defeque" presentes – que os pais escondem sob a manta – que vão de guloseimas a brinquedos. (N. do T.)

Quando o vovô e a vovó vêm a Barcelona no inverno, sempre reclamam do calor e dizem que meus pais exageram na calefação, e que o frio precisa ser enfrentado primeiro com lã e só depois com lenha. Então o papai fala do progresso e o vovô chega perto de um aquecedor e diz "isto aqui é uma bomba!", e pronto. Começa a discussão, que sempre termina com a mamãe apaziguando e admitindo que tem saudades do cheiro da lareira, mas que a calefação é mais prática e mais limpa, "apesar de ser mais cara", acrescenta o vovô, que sempre tem a última palavra.

CHEGAR

A vovó diz que o vovô e o papai "batem de frente" porque são muito parecidos, e eu sei que isso de bater de frente quer dizer que ficam bravos e discutem, mas também sei que as discussões deles sempre terminam bem, embora muitas vezes minha mãe precise intervir.

Quando a gente chega a Vilaverd, a mamãe se fecha na cozinha para conversar com a vovó, que conta coisas do pessoal do povoado, quem casou, quem separou, quem está esperando filho, quem morreu. E o papai bate à porta da oficina do vovô, senta na cadeira que o vovô tem do lado da janela e faz companhia a ele em silêncio até que o vovô termine aquilo que tem nas mãos e guarde as ferramentas numa das suas gavetinhas minúsculas. Então falam de trabalho e de dinheiro e o vovô dá conselhos ao papai, e meu pai, se está num dia bom, concorda e, se não, aí é quando eles batem de frente.

A mamãe, da cozinha, de vez em quando dá uma espiada na oficina para ver como andam as coisas lá, e se é o caso chega perto e acalma os ânimos. E eu, dependendo do dia, fico na cozinha ou na oficina, ou subo até o terraço e navego com o meu navio se houver lençóis estendidos.

Eu gosto porque a gente sempre chega do mesmo jeito a Vilaverd. Sai do carro fugindo do sol que queima, procura refúgio na frente da loja da Crua, chega à pracinha e cumprimenta Matilde e Ignacio, e então entra na casa dos meus avós e se divide entre a cozinha e a oficina até a hora de almoçar, porque sempre chegamos cedo e vamos embora de noite, "pois custa ir embora de Vilaverd", como diz sempre o vovô.

7. UMA CASA

POR QUÊ?

Hoje foi o papai que chegou de cor cinza. Meus avós e eu estávamos jogando uma partida de dominó na sala enquanto a mamãe olhava para nós sem nos ver, sentada no braço da poltrona do papai, tão cinza quanto o papai quando apareceu na porta do hall.

– Jan, vamos repassar a lição de hoje?

– Agora? Mas a gente ainda tá jogando uma partida, e você acabou de chegar.

– Jan, meu filho, vamos repassar a lição de hoje *agora*.

Enquanto o papai e eu íamos para meu quarto, a mamãe levantou da poltrona e o vovô começou a guardar as peças do dominó com uma cara que eu não consegui entender e que nunca vou esquecer.

– O que aconteceu, papai?

– Vamos ver a lição primeiro.

– Não. O que aconteceu? Por que você fechou a porta? Por que vocês estão com essas caras, a mamãe e você?

– Que caras?

– Vocês estão cinza.

– Não, Jan, meu filho, estamos cansados, só isso.

– Papai!

Meu pai me olhou e eu soube que ele iria me contar, que seria muito difícil para ele, mas por fim iria me dizer o que estava acontecendo, que responderia a todas as minhas perguntas, por que meus avós estavam morando conosco, por que a vovó e a mamãe ficam tão nervosas quando o vovô faz alguma bobagem ou esquece alguma coisa, por que de repente todos ficam cinza e com os olhos vidrados, por que fui o único que ficou feliz quando o vovô e a vovó vieram morar com a gente. Mas sei também que, depois que tiver todas essas respostas, vou ficar cinza e com os olhos de vidro.

OS ESQUECIMENTOS DO VOVÔ

O vovô, aos poucos, está esquecendo tudo; tudo o que ele viveu e tudo o que aprendeu vai se apagando. Dá para ver que é uma doença, e que não tem cura. Faz anos que ele tem isso e que toma remédios para frear a doença, porque tem uma coisa que, sim, dá para fazer, que é torná-la mais lenta, mas assim mesmo decidiram que era melhor eles virem morar conosco em Barcelona, porque a vovó sozinha não pode dar conta de tudo.

— Mas eu não percebi nada.

— Melhor, meu rei.

— Não, eu quero dizer que ele não está tão mal assim. Está como sempre. Está como sempre!

O papai me ouviu sentado na ponta da cama enquanto eu gritava e resmungava, e dizia que ele estava errado, que estavam todos errados, que o vovô estava bem. Quando fiquei quieto, ele me falou que no início os esquecimentos são poucos e quase não dá para perceber, mas aos poucos vão piorando até chegar o dia em que a pessoa não se lembra praticamente de mais nada, e também por isso ele veio viver conosco agora e não mais tarde, assim todos podemos aproveitar ao máximo o que lhe resta antes que esqueça tudo.

Cinza, com os olhos de vidro e o peito cheio de raiva, me atirei nos braços do papai, não sei se para bater nele ou abraçá-lo, mas ele me agarrou forte e só me soltou depois de um bom tempo.

– Jan, meu filho, sei que é duro de aceitar. Se a gente não contou antes é porque até agora você não quis saber.

E agora não posso deixar de saber. Os esquecimentos do vovô têm nome de doença.

TODOS NUMA SÓ

E tem mais coisa. Na sala de jantar, a mamãe se sentou com meus avós e não sei se a gente vai voltar a jogar dominó algum dia, se o vovô nem consegue guardar as peças antes que sua filha comece a falar.

— A partir de agora vamos viver todos na mesma casa — diz o papai.

— Isso eu já sei, papai. Já tem uns dois meses que estamos vivendo os cinco na mesma casa.

— Quero dizer que vai ser sempre assim.

— Eu já imaginava.

— Que só *teremos* uma casa.

— Uma casa? Como assim? Essa? Este... apartamento? Como...?

— Que a gente vai vender a casa de Vilaverd... Já falamos sobre isso com o vovô e a vovó quando eles vieram para cá...

Não sou capaz de sair do quarto e enfrentar a cara dos meus avós na sala de jantar. A mamãe está convencendo os dois de que chegou a hora de esvaziar a casa de Vilaverd e colocá-la à venda.

CHEIRO AZEDO

A sala de jantar cheirava a azedo quando consegui ir para lá. O vovô estava sentado na poltrona, olhando para o teto, e, quando apareci, me olhou por um instante e logo afastou a vista, como se estivesse com vergonha. A vovó continuava sentada à mesa, com o dominó ainda por guardar e os olhos fixos em alguma peça, e não percebeu que eu estava ali. O mau cheiro que eu sinto é da nuvem de perfume dela, que parece que ficou meio podre. O papai e a mamãe devem estar no quarto deles conversando, acho que as vozes deles chegam até mim abafadas através das paredes que nos separam.

OS BOTÕES

Eu me atirei em cima do vovô e fiquei agarrado nele bem forte, com o nariz grudado no seu pescoço, no seu cheiro de sabão em pó e de espuma de barbear. Olhei os botões dele, todos bem abotoados como sempre, e pensei que talvez chegue o dia em que não vai saber mais abotoá-los direito. Encostei a mão num deles e decidi que eu é que vou abotoar, que o vovô vai andar sempre com todos os botões abotoados. E, quando pensei nisso, fiquei com vontade de chorar e escondi o rosto no ombro dele. Então ouvi uma peça de dominó cair no chão.

A PEÇA

Ainda agarrado no vovô, me virei e vi que a vovó olhava para nós com os olhos felizes, mas o olhar triste. Levantei e então afundei naquela maciez azeda da vovó. E nela deixei também uma mancha de lágrimas na camisa, como uma medalha.

– Vamos guardar as peças juntos, vovó?

Ela concordou com a cabeça, como uma menininha que acabou de fazer uma travessura e está levando bronca dos pais. Agachei para pegar a peça do chão e era uma branca dupla, uma peça vazia. Então voltei a olhar para a vovó e não a reconheci, como se todas as peças do rosto, os olhos, o nariz, a boca e as bochechas, tivessem se movido alguns milímetros e agora ela fosse outra pessoa.

Dei a peça para ela e ela a guardou junto com as outras, e então voltou a ser a vovó de sempre, me deu um beijo e fomos os dois para a cozinha.

– Vamos ver o que a gente vai jantar hoje!

Se voltar a jogar dominó com meus avós, vou trapacear para ficar sempre com a branca dupla.

ESVAZIAR

Desde o dia em que soube o que estava acontecendo com o vovô e que em breve teríamos só uma casa para morar todos juntos, meus avós e meus pais só falam de esvaziar a casa. E como agora eu já sei de tudo, pararam de falar em código na minha frente. Ou seja, sei de todos os detalhes de como vão esvaziando a casa de Vilaverd, que móveis vão doar a uma associação, quais vão jogar fora e quais virão para o nosso apartamento, em Barcelona. A oficina do vovô, eles vão fazer caber no quarto de passar roupa, e para lá irão também alguns quadros e lembranças que a vovó quer conservar, como fotos, algumas joias, um jarro e uma máquina de costura antiga.

 O pai do Antonio, o Nacho, faz fretes e ajuda meu pai a esvaziar a casa aos fins de semana, e, quando estiver totalmente vazia, iremos um dia todos a Vilaverd, porque o vovô diz que quer se despedir dela agora que ainda se lembra das coisas. Quando ele diz isso, todos nos encolhemos e retorcemos como se alguém beliscasse nossa coxa. Mas o papai diz que precisamos ser fortes e atender o vovô no que ele quiser, porque assim depois nos sentiremos melhor. E, quando diz "depois", finjo que não estou ouvindo, que não entendo a quando se refere.

ENCHER

E, enquanto a casa de Vilaverd vai se esvaziando, o apartamento de Barcelona se enche de detalhes vilaverdenses, não só o quarto de passar roupa, mas também o hall, onde a mamãe pendurou uma ferradura cheia de ganchos que o vovô fez para deixar as chaves, ou a cozinha, onde agora estão as panelas de bronze da vovó servindo de fruteiras na mesa do café da manhã.

Eu levei para o meu quarto o cuco quebrado e o papai prometeu pendurar em cima da mesa do computador, e o vovô diz que quando tiver todas as ferramentas dele aqui vai tentar consertá-lo.

O CUCO

Toda vez que a mamãe ou a vovó entram no quarto e veem o cuco, ficam nervosas, a mamãe mais que a vovó.

— Certeza que quer pendurá-lo aí, Jan? Não vai incomodar quando soar?

— Vai nada! Não funciona, o vovô diz que ainda vai consertar.

— Talvez nem precise consertar, está bem assim, não?

— Mas eu quero ouvir o cuco cantar, mamãe!

O vovô então disse que ainda faltavam algumas ferramentas para ele começar a consertar, mas, assim que estivesse com elas, iria consertá-lo, que até achava que já sabia qual era o problema.

— Está quebrado há tantos anos e você vai consertar agora? Será?

— Por que não? Não me acha capaz de consertá-lo, Caterina?

— Não é isso, Joan, não é isso.

E chega o fim de semana e o papai termina de montar a oficina do vovô seguindo suas indicações. E os dois tiram o cuco da parede e o levam para lá. E a vovó faz o sinal da cruz. E por um bom tempo nem o vovô nem o papai saem do quarto de passar roupa, que agora é uma oficina de relojoaria, e a mamãe e a vovó se sentam no sofá sem tirar os olhos da porta fechada, que de tanto elas olharem chega uma hora que acaba abrindo.

– Bom, por enquanto ainda não funciona. Depois de amanhã vou continuar! – diz o vovô com os olhos brilhantes de uma alegria que eu achava que não iria ver mais.

– Depois de amanhã? E por que não amanhã, vovô?

– Porque amanhã vamos passar o dia em Vilaverd.

E agora eu daria pulos de alegria, mas leio nos olhos dos meus pais e da vovó que será a última vez que iremos lá com o vovô, e o sorriso vira o contrário.

O DIA

Resolver passar o dia fora com o vovô e a vovó quer dizer acordar quando ainda está escuro e sair de casa em jejum. "A gente toma o café da manhã no caminho", e o papai já resmunga porque domingo gosta de tomar o café sentado e com garfo.

– Vamos embora, gente, hoje quem manda sou eu!

O vovô corre pelo apartamento batendo palmas e já contagiou a vovó com essa estranha alegria. Ela sai do quarto com sua nuvem de perfume em plena forma.

– Joan, não grite assim que os vizinhos estão dormindo!

Mas a vovó também grita, e a mamãe ri ao vê-los tão animados, e eu olho os três e penso que talvez não seja um dia tão triste, mesmo com o papai emburrado porque está com sono e fome.

– No carro você continua dormindo, meu rei.

A mamãe lhe dá um beijo e saímos.

De Barcelona a Vilaverd é uma hora e meia de carro, mas com meus avós vamos demorar mais, porque a vovó passa o tempo todo dizendo "não corra tanto" para quem estiver dirigindo e o vovô sempre quer parar na metade do caminho para esticar as pernas e tomar café da manhã.

Depois de comer uns croissants borrachudos, segundo o vovô, numa parada na estrada, e de parar para abastecer em Montblanc, chegamos a Vilaverd às dez em ponto. E, quando saímos do carro, a alegria volta correndo para Barcelona. O vovô sai primeiro e fica quieto, olhando o banco de pedra, que ainda não tem ninguém sentado àquela hora. A vovó o segura pelo braço.

– Vamos para casa, Joan.

O papai e a mamãe vão atrás deles e dessa vez nenhum dos dois reclama do sol nem sai correndo até a casa da Crua.

– Bom dia, Manela!

– Joan! Como está?

– Tudo bem, tudo certo. Estou indo para casa!

E o vovô não quis parar, e nós também não.

O pessoal daqui já deve estar sabendo muito bem da doença do vovô e de como fomos esvaziando a casa, que hoje vamos visitar pela última vez.

A NOITE

Passamos a manhã para cima e para baixo na casa dos meus avós, revistando os móveis que não vamos levar para Barcelona, vendo se não esquecemos nada dentro e, ao mesmo tempo, tentando memorizar cada canto. O papai bateu fotos de tudo, como parece que andou fazendo essas últimas semanas. Antonio, que veio com o pai dele dar uma última mãozinha, bateu uma foto de todos nós no terraço, como lembrança. O vovô diz que quer que a gente emoldure e pendure no quarto dele, e, quando diz isso, não sei se se refere à casa de Barcelona ou à de Vilaverd, e tampouco sei se ele mesmo sabe qual delas.

Ao meio-dia, fomos levar as chaves ao senhor Batet, que vai cuidar de vender a casa. Ao sair de lá, foi como se houvesse baixado uma noite em nós. Os cinco meio perdidos e com uma pressa estranha de ir embora dali ao mesmo tempo, então o papai sugeriu almoçarmos em Montblanc e todos concordamos animados.

Assim que nos acomodamos à mesa, voltou a ficar de dia. Por fora, éramos uma família feliz, almoçando num restaurante, num domingo. Fiz a maior força para não olhar para dentro até chegarmos à nossa casa. E agora quando digo "nossa casa" é a casa onde moramos os cinco.

8. O QUE CABE DENTRO DE UM "Ó"

PROVISÕES

Na volta da escola, eu devorando o sanduíche e o vovô olhando ruas e árvores, é a hora de fazer as perguntas que não sei como fazer se ele me olha nos olhos.

— Você consegue perceber quando se esquece de alguma coisa?

Depois sempre vem um silêncio e o vovô fica olhando para os pés, que andam sozinhos.

— E você, percebe quando faz algo errado?

Paramos de andar e ficamos olhando um para o outro, e foi a sorte, porque, pela resposta dele, achei que tivesse ficado zangado e que eu teria de parar de fazer essas perguntas que eu preciso tanto fazer. E ele voltou a insistir:

— Quer dizer, quando faz algo errado, você percebe isso no mesmo momento ou só mais tarde? Percebe que fez algo errado ou é alguém que chama sua atenção, Jan?

— Isso quer dizer que você não percebe.

— Essa árvore aqui, ela percebe que lhe caíram as folhas? Ou somos apenas nós que fazemos isso?

— Sempre as árvores...

— Sim, as árvores me servem para responder o que você me pergunta e também as coisas que eu mesmo me pergunto. Olho para elas e elas me ajudam a encontrar quase todas as respostas.

— Pois eu não entendo as árvores.

— Às vezes eu também não, mas guardo as respostas, porque talvez um dia consiga entender.

E sei que, ao dizer isso, o vovô está me avisando para eu registrar na memória tudo o que a gente conversar. Como se me desse provisões para quando ele já não estiver mais aqui.

ESSAS CONVERSAS

Se meus pais ficassem sabendo tudo o que eu pergunto para o vovô na volta da escola, com certeza me dariam uma bronca. Mas é que eu não entendo como funciona a doença dele, como é que alguém pode perder a memória, como a cabeça da gente pode se esvaziar de tudo o que viveu e de tudo o que lembra, e eu preciso de respostas.

— Nunca deixe de perguntar, Jan.

O papai sempre diz isso, que é preciso ser curioso, que precisamos resolver todas as dúvidas sempre que possível. E é isso o que faço com o vovô, o que nós dois fazemos.

Tenho a impressão de que o vovô precisa tanto das minhas perguntas quanto eu das suas respostas, e que ele, ao me responder, também fica mais tranquilo por ver que sabe respondê-las.

— Eu gosto de voltar da escola com você, vovô.

— Eu também gosto, Jan.

– E gosto de ficar fazendo perguntas. E que você me deixe fazer perguntas.

– E por que não deixaria?

– Meus pais, não sei se eles...

– Seus pais? Deixe eles pra lá. Essas conversas são entre mim e você.

– E... você também vai se esquecer delas?

– Eu não sei o que vou esquecer, nem quando, nem como. Mas você sabe o que eu faço com aquilo que eu não quero esquecer?

– O quê?

– Em vez de guardar na memória da cabeça, guardo na memória do coração, porque essa nunca se apaga.

– E o que mais você guarda aí?

– Tudo o que eu amei, Jan.

– Ah, já sei... A vovó, a mamãe, eu...

– Sim, também. Mas guardo também o dia em que consertei meu primeiro relógio, quando a sua mãe nasceu, o dia em que conheci a vovó, quando cortaram meu salgueiro-chorão...

– O seu salgueiro-chorão. Você disse que um dia ia me falar dele.

– Já chegamos, Jan. Quem sabe amanhã.

DUAS MEMÓRIAS

Fiquei muito mais tranquilo depois de saber que temos duas memórias.

No caderno de matemática, enquanto repassamos os resultados dos últimos exercícios resolvidos, escrevo "cabeça" e "coração", faço duas colunas e tento descobrir que lembranças vão em cada uma.

Debaixo dos "ós" de "coração", vejo aquela letra "ó" do vovô que eu não tenho e imagino que ela está cheia de tudo o que ele não quer que se apague. E tudo se encaixa. Porque o "ó" também é um relógio e o coração faz tique-taque quando bate.

– Todas as lembranças que você não quer perder ficam dentro do "ó", vovô, não é isso?

Mastigo o sanduíche e espero sua resposta. Mas passam as ruas e as árvores, e o vovô continua olhando para os pés que andam sozinhos, bem calado.

Quando estamos a duas portas de casa, o vovô para e me faz sentar num banco da avenida.

– Meu "ó" vai ser seu quando eu for embora, Jan.
– Vovô!
– Jan...
– Então me conte tudo o que tem dentro dele. A história do seu salgueiro-chorão...
– Não vou demorar a fazer isso.

MATEMÁTICA

Digo que tenho lição a fazer e me tranco no quarto. Abro o caderno de matemática, leio o que escrevi antes e acho ridículo. Arranco a folha, faço uma bola com ela, e ela é outro "ó". E a boca do cesto também. O quarto é cheio de "ós", da letra "ó" que me falta e que eu quero que me falte sempre.

Eu não quero o "ó" do vovô, eu quero o vovô, ele e suas duas memórias, quero as nossas conversas para sempre. Quero que continue tentando arrumar o cuco sem que a mamãe e a vovó tenham que se fechar na cozinha. Quero que a nuvem de perfume da vovó esteja sempre fresca. E que meus pais continuem sempre sendo reis, que todos conservemos nossos tronos.

Faço uma lista de tudo o que quero. Leio e mais coisas vêm à minha cabeça. A folha quadriculada me convida a continuar enumerando.

Até que somo tudo e dá "Joan".

De novo a letra "ó". Repasso bem o contorno dela com a esferográfica até abrir um rombo no papel e ficar com um monte de "ós" marcados nas páginas seguintes. Esse "ó" será meu, não posso furá-lo.

O CORAÇÃO NÃO ESQUECE

Saio do quarto e em casa está tudo como sempre, como esse sempre que é agora. A vovó está na cozinha preparando o jantar que leva tempo, e o vovô está sentado na poltrona. Chego perto e vejo que ele dorme com a mão em cima do peito. Penso que está segurando a memória boa. Ele abre os olhos. Não dormia.

– O que você estava fazendo, vovô?

– Repassando coisas.

– Que coisas?

– As que eu quero lhe contar antes que me esqueça.

– Mas não concordamos que o importante você já guardou no coração?

O vovô me olha e dá um sorriso novo que me deixa com um nó na garganta.

– Será que eu já lhe contei tudo?

Levo certo tempo para entender que não é que ele não queira me dizer mais nada, ou que não precisemos ter mais conversas, e, sim, que o vovô se alegrou de ver que eu não esqueço nada do que ele me diz.

– Não, você não me contou tudo. Tem uma história...

– A do meu salgueiro-chorão. Já sei, estou lhe devendo. É que me entristece me lembrar dela, mas se eu não quiser que desapareça comigo...

– Você não vai desap...

– Jan!

Ficamos calados até que o silêncio parou de fazer barulho e o vovô pôde voltar a falar.

– Meu salgueiro-chorão também deixou um "ó" quando foi embora.

– Um "ó"?

– Um "ó" que depois também desapareceu.

– Como assim?

– Cortaram a árvore e sobrou o cepo. Só por uns dias. Depois o arrancaram e cobriram a praça de cimento.

– A mamãe conhece essa história do salgueiro-chorão, não é?

– Sim, eu contava para ela quando era pequena, e ela desenhava o chorão para mim com giz na pracinha para eu não sentir falta dele.

– Eu vi isso numa foto!

– As fotos são muito boas para relembrar...

– Mas do seu salgueiro-chorão você não tem nenhuma foto, tem?

– Não. E é melhor assim.

– Melhor?

– Assim posso me lembrar dele como quiser.

DEPOIS EU

Quando eu não pergunto, é o vovô que faz isso, como hoje.
– Você não quer saber o que virá depois?
– Depois do quê?
– De perder a memória.
Ele me diz isso andando como se não fosse nada, olhando para a frente, muito tranquilo. Tento fazer como ele, aceitar aquilo e esperar que ele continue. Mas não consigo.
– E você quer saber?
– Não totalmente. Mas eu sei. Os médicos explicam como é tudo, principalmente o que você não quer saber – e quando diz isso, então, sim, para e me olha. – Depois da memória, vou perder a mim mesmo.
Estou com a boca cheia e mastigaria eternamente para não ter nunca mais que dizer nada.
– Primeiro será a memória, depois eu.
– Eu não perguntei isso!

Desato a correr e deixo-o ali plantado, como uma árvore. Que seja uma árvore, que seja uma rua, que seja o que ele quiser, mas que seja. Ou que vá embora agora mesmo. Que não volte, que esqueça o caminho de casa, com a cabeça e com o coração, e que não venha. Eu não fiz nenhuma pergunta.

"Ó" DE ESQUECIMENTO

Quando o vovô chega, me encontra no sofá da entrada do prédio onde moramos.
– E por que esse bico? Eu é que devia estar zangado, não é? Você me deixou lá, falando sozinho.
Fico calado e entro no elevador com ele.
– Se pelo menos a gente soubesse o que pergunta, Jan...
Entramos em casa e corro para o quarto, mas antes digo:
– O seu "ó" é de esquecimento.
Antes de fechar a porta de vez, vejo por uns segundos o rosto do vovô e ele não está zangado, parece aliviado. Mas, ao fundo, na cozinha, há uma sombra escura em forma de vovó. O vovô a viu através dos meus olhos e correu para abraçá-la.
Quando meus avós se abraçam, eu sempre quero me juntar a eles, agarrando os dois pela cintura ou me enfiando no meio, entre os dois, para fazer um "sanduíche de Jan". Mas hoje olho o abraço deles escondido, atrás da porta entreaberta

do meu quarto, e cheio de culpa. Sei que se a vovó sacode os ombros assim nos braços do vovô é pelo que eu acabei de dizer. E vê-la triste me deixa pior do que eu pensava. Não havia pensado nela.

Todas as perguntas que o vovô foi respondendo até agora eram a respeito da doença, a respeito dele, de como as lembranças vão se perdendo. Agora, com o nariz grudado no batente da porta, minha cabeça se enche de um punhado de perguntas sobre a vovó Caterina que eu preciso que o vovô me responda, com as árvores ou do jeito que for. Mas vou ter que esperar até amanhã, e, por enquanto, a única coisa que posso fazer é me enfiar na nuvem do perfume azedo da vovó e ajudar a adocicá-lo um pouco, se não for tarde demais.

A CULPA

Quando estou prestes a entrar na cozinha, o vovô me freia com uma barreira de palavras:

— Não é culpa sua. É a doença.

Ponho os olhos no laço do avental da vovó, ela de novo na frente do fogão, mas, pelo jeito que se mexe, fica claro que continua triste.

— A culpa é da doença, Jan. Não é sua, nem minha, nem dos seus pais, nem de ninguém. Enfie isso na sua cabeça.

O vovô se sentou à mesa da sala com o estojo de dominó na mão. Não jogamos mais desde aquele dia em que interrompemos a partida na metade.

— Que tal jogar um pouquinho e depois você faz a lição?

Sento-me com ele, de costas para a cozinha. Ouço a vovó desligar o exaustor e apagar a luz da cozinha e imagino-a com as mãos para trás desfazendo o laço do avental enquanto

chega perto da mesa. Ela me dá um beijo na testa e repete a barreira de palavras do vovô:
— A única culpada é ela, a doença.

PONTINHOS DE FELICIDADE

A vovó pega o duplo seis e me mostra.

– Seu avô e eu nos conhecemos jogando dominó. Sabe o que ele falou para me conquistar? – e a doçura melosa do ar vai sendo resgatada à medida que vovó Caterina recupera o brilho nos olhos. – Que os pontinhos pretos das peças são pontinhos de felicidade e que para ele eu era um duplo seis.

Ela me dá a peça, eu a toco. Os pontinhos são pequenos buracos pretos, letrinhas "ó" diminutas. Olho para meus avós, que agora estão de mãos dadas e sorriem para mim.

– A doença nos levou a um duplo cinco, e daqui não pensamos sair, não é, Caterina?

Beijam-se e ficam tão cheio de plumas e alegres, que parecem dois pardais em cima de uma árvore.

DUPLO DOIS

– Jan – chama o vovô ainda alegre –, conte: quem foi que ensinou você a jogar dominó?

A vez de jogar é da vovó, e ela lida com isso tranquilamente, não faz como eu, que jogo a primeira peça que encontro, sem contar pontos.

– Foi você, vovô.
– E sabe quem me ensinou?
– Não. Seu pai?
– Não, meu avô.

Eu me perco em pensamentos. Vou ensinar dominó ao meu neto, o papai vai ensinar ao meu filho... Vejo a árvore da família cheia de peças de dominó, avós e netos jogando partidas sem fim.

– E a mamãe?
– Foi meu pai, o avô dela.

Não entendo por que ele me conta isso. Não entendo por que a vovó ainda não jogou. Olho para os dois e eles me olham. Os olhos deles são pontinhos pretos de felicidade.
– Duplo dois e fecho. Ganhei!
A doçura da nuvem de perfume está de volta.

CIMENTO BRANCO

Quando a mamãe chega, encontra a gente jogando dominó. Está prestes a me dar uma bronca quando vê que ainda não fiz a lição, mas a vovó a leva para a cozinha e, enquanto as clonezinhas ficam papeando, o vovô e eu fazemos os exercícios de matemática e de catalão antes que o papai chegue.

Na hora do jantar, a vovó volta a mencionar os pontinhos de felicidade, o papai e a mamãe já sabem do que ela está falando e sorriem, e também ficam alegres como pardais. O vovô não comenta nada do duplo cinco e me olha com olhos de segredo cúmplice.

Depois do jantar, meus pais e meus avós ainda ficam um tempo na mesa e ninguém se lembra da minha história, nem eu. Escovando os dentes, fico meio abobalhado olhando a pasta, com a cabeça cheia de letras, palavras, pontinhos de felicidade.

Uma letra "ó" de bocejo no espelho me fez correr para a cama com os olhos meio fechados e devo ter apagado a luz já com a orelha grudada no travesseiro.

Acordei à meia-noite, assustado, com um pesadelo real demais. Enquanto meus pais e meus avós continuavam conversando na sala com os pratos da sobremesa ainda na mesa, cheios de cascas de pêssego e de laranja, eu pegava as peças de dominó e tapava todos os pontinhos pretos com uma espécie de cimento branco que tinha cheiro de flúor, até que todas as peças viraram duplos brancos.

9. A VOVÓ

A NOSSA LOREN

– Ai, essa cinturinha, Caterina!

O vovô abraça a vovó por trás e diz que ela é linda, com todas as palavras que ainda tem. Ela sorri olhando para o vazio, para o vazio ou para todas as lembranças de felicidade que tem com o vovô, e então se vira e os dois se beijam e, se a mamãe está junto, eu me alegro, porque sei que esses beijos a deixam feliz, mas, se estou sozinho ou com o papai, uma espécie de vergonha me faz deixar meus avós a sós.

A cinturinha da vovó tem um truque, porque eu sei que ela usa uma faixa, uma coisa que aperta você até pouco antes de ficar sem conseguir respirar, segundo a vovó, para não ficar com dor nas costas, e, segundo a mamãe, porque ela não passa de uma vaidosa incorrigível. Eu, ao contrário, acho que ela usa a faixa para que os abraços do vovô não terminem nunca.

– A minha Loren! Estão vendo como ela se conserva bem? – e, quando ele diz isso, imagino a vovó enlatada e dentro da geladeira, mas já sei que é uma maneira de dizer que ela ainda está em forma. – Até parece uma moça da cidade!

Porque a vovó Caterina sempre anda arrumada e perfumada, não importa se está em Barcelona ou em seus afazeres em Vilaverd, tanto faz se precisa sair ou se não vai além da cozinha ou do terraço. Desde que levanta até a hora de dormir, anda enfaixada e bem-vestida, e com as bochechas vermelhas, que ela cria fazendo um pontinho com o batom e depois espalhando com um pouco de saliva no dedo.

Gosto de ficar vendo como ela se arruma, como escolhe os brincos e o colarzinho combinando com o vestido, porque sempre anda de vestido ou saia, nunca a vi de calça comprida, ou então o jeito de pintar os lábios e me mostrar os dentes para eu dizer se ficaram manchados de batom, e ver como se perfuma com insistência e como finalmente esconde um lencinho de crochê no decote. Os olhos ela não pinta porque usa óculos, uns óculos de armação dourada que deixam suas pupilas grandes e os cílios compridos, e a fazem parecer uma toupeira quando os tira.

A vovó sem óculos, sem batom e sem faixa é uma velhinha indefesa, sei disso porque quando foi operada, já vai fazer um ano, eu a vi de camisola, despenteada, sem óculos e meio adormecida e precisei acrescentar mentalmente todas essas coisas para conseguir reconhecê-la.

O vovô a chama de Loren, porque diz que ela parece a Sophia Loren, atriz italiana de tempos atrás, lindíssima e com uma cinturinha parecida com a da vovó, e que certamente, quando vai dormir, é tão indefesa e frágil como a vovó Caterina, mas talvez não tenha nenhum Joan que a abrace e lhe dê beijos que a deixem toda alegre.

BOSQUE DE CARAS

Hoje, no meio do bosque de caras das cinco, notei a armação dourada da vovó, e todos os outros pais e avós que esperavam lá estavam dentro da sua nuvem de perfume. Todos menos o vovô, que havia ficado um pouco para trás, meio apagado.

– Me deu muita vontade de vir! – disse a vovó enquanto me entregava o lanche.

Eu tinha uma pergunta engatilhada para o vovô, e não sabia se fazia ou não, mas o olhar do vovô me fez desistir.

– E o que é que você e o vovô conversam quando voltam da escola? Sempre ouço os dois chegando em casa muito animados...

Ela me fez me lembrar da Berta, a professora de teatro da escola, que sempre diz para a gente falar sorrindo, que as palavras têm que sair do nosso sorriso, e, quando diz isso, ela sorri exageradamente, até dá um pouco de medo, conforme você olha. A vovó fazia um sorriso de teatro.

– Das ruas, das árvores, sei lá.

As conversas com o vovô, se contadas para a vovó, perdem a graça.

– E o que vocês dizem das árvores?

– Que elas têm todas as respostas.

– Então vou perguntar a elas qual será nossa conversa amanhã.

Quando a vovó disse "amanhã", olhou para o vovô que havia ficado um pouco mais apagado. Então entendi que ele já não virá mais me buscar sozinho, porque poderia se perder, do jeito que sua memória se perde, saindo por um furo que é a doença.

UM FURO NA CALÇA

A vovó atrapalhou o caminho inteiro. Eu queria estar sozinho com o vovô, continuar com as nossas perguntas, ir entendendo o que está acontecendo com ele, mas com ela junto só deu para ter aquelas conversas para passar o tempo que os adultos costumam ter, quando falam só para não ficarem em silêncio, mas não dizem nada.

O vovô percebeu meu desconforto e, quando chegamos em casa, me levou para o quarto enquanto a vovó tirava os sapatos.

– Ela não tem culpa de nada, lembre-se disso.

– É a doença.

– Sim. A vovó também está sofrendo. Falar com você vai fazer muito bem a ela.

– E falar com você também.

– Sim, mas eu logo, logo...

Por sorte, a vovó abriu a porta bem naquela hora:
— Jan, eu vi que você está com um furo na calça. Tire-a e traga-a para mim. E me conte como foi que você conseguiu fazer isso.

Quando fechou a porta, o vovô me olhou nos olhos e disse:
— A vovó, quando costura, não olha para você, mas ela ouve você.

CONVERSAS DE COSTUREIRA

Eu me lembrei da vovó costurando na sala, lá em Vilaverd, depois do almoço, e o papai e a mamãe tentando ler os livros deles enquanto o vovô tirava um cochilo na poltrona. E a vovó tinha um monte de coisas para dizer enquanto cerzia meias ou refazia as barras, e a mamãe acabava fechando o livro e tirando os óculos, e o papai ia ler no terraço ou no quarto.

– É que eu sou goleiro na hora do recreio...

– Goleiro? Nossa! Sente-se, sente-se e, enquanto eu costuro, você vai me contando.

E enquanto a vovó costura, eu conto que gosto de ficar esperando a bola debaixo da trave, vê-la vindo e ficar me mexendo de um lado para o outro, tentando adivinhar por onde a bola vai chegar, se vai ser uma bola alta ou rasteira, se vai ser pela direita ou pela esquerda. E quando ela se aproxima, se é o caso, eu voo para pegá-la, porque tenho os olhos na bola e os pés e as mãos se mexem sozinhos. Por isso acontece muito de rasgar a calça ou o cotovelo das camisetas, porque me atiro no chão para evitar um gol. A vovó me ouve, enquanto movimenta a agulha e a linha de um jeito, que não consigo tirar os olhos do furo da minha calça, nem das mãos dela, do dedal, do silêncio de seus gestos repetidos que fazem o buraco desaparecer.

Fico imaginando a vovó costurando uma trave de futebol com uma agulha gigante, evitando um gol com seus fios.

A VISITA

— Ai, Caterina, como eu tinha saudades das suas linhas de costura!

    Matilde e Ignacio vieram hoje de visita. Eu estranho vê-los em casa, sentados no sofá e de sapatos. Em Vilaverd estavam sempre de alpargatas e roupas velhas, fazendo as coisas deles. Resolveram se arrumar para vir, e o vovô comenta que estão muito elegantes.

    O vovô e Ignacio se fecharam no quarto de passar roupa, que agora é a oficina do vovô. E Matilde se sentou com a vovó na sala. E eu vou de uma conversa à outra. A dos relógios e a das linhas. Ignacio aproveitou e trouxe um relógio velho para o vovô e Matilde, um vestido novo que ficou muito comprido e que a vovó vai encurtar enquanto as duas conversam.

— Eles vêm visitar e trazem trabalho?

O papai e a mamãe estão na cozinha.

– Não é trabalho, é só uma desculpa para virem – e a mamãe tem metade do rosto alegre e metade triste quando explica isso para a gente. – Enquanto meu pai fica usando as ferramentas dele, o Ignacio o coloca em dia com o que acontece em Vilaverd. E a Matilde faz o mesmo enquanto minha mãe costura. Não sabem falar se não tiverem alguma coisa nas mãos.

– Eu me distrairia se me fizessem falar enquanto trabalho. Meu pai hoje tem a cabeça de pedra.

– Eles precisam se distrair com as mãos, para poder falar com o coração.

E então meio rosto da mamãe sorri, e sorri para mim, porque sabe que eu entendo o que ela quer dizer muito melhor que o papai.

DISTRAIR AS MÃOS

O vovô e a mamãe me fizeram entender qual é a melhor maneira de conversar com a vovó: quando ela tem as mãos ocupadas. Então, agora, quando jogo de goleiro, penso nela e imagino que ela tece uma rede imaginária de fios na trave sem rede da escola e que eu consigo defender mais chutes do que nunca.

– Outro furo, Jan? – repreende ela, contente, e me faz sentar ao lado dela, e falamos de fios e de gols, ou seja, do vovô. As linhas de costura da vovó são as árvores do vovô, é nelas que ela tem todas as respostas.

A vovó também tem as mãos ocupadas quando prepara o jantar. E agora, que é mais frequente o vovô cair no sono na poltrona, peguei o hábito de fazer a lição na mesa da cozinha, enquanto a vovó fica zanzando entre as panelas.

Às vezes, ela deixa o fogão cozinhando sozinho e se senta do meu lado para ler, e desenham-se fiozinhos de um silêncio muito suave entre o livro da vovó e o meu caderno, que fazem com que eu não queira mais terminar de fazer a lição de casa.

Mas também tem dias em que a vovó espeta o dedo costurando, ou em que se suja enquanto cozinha, ou dorme enquanto lê. Dias em que o duplo cinco dela corre perigo.

– Vovó, você conhece a história do salgueiro-chorão do vovô?

– Claro.

– Pode me contar?

A vovó para de mexer na agulha, ergue o olhar, e eu tenho a impressão de que a linha com a qual ela costurava desapareceu, que na minha calça voltou a aparecer o furo, um buraco redondo como um "ó".

– Ele ainda não contou para você?

O DUPLO CINCO

— Avise seu avô que o jantar já está saindo.

Agora sou eu quem avisa o vovô, e quase nunca o contrário. E tem horas que a vovó me chama de Joan e não de Jan, principalmente quando me sento com o vovô para terminarmos juntos as palavras cruzadas. O cheiro do jornal é o cheiro do vovô também.

Às vezes não encontro o vovô na sala, quando saio da cozinha. Imagino que ele ouve a gente falando na cozinha e se levanta do sofá, sem fazer barulho e vai se trancar no quarto de passar roupa. Ainda está com o cuco em cima da mesa, mas as ferramentas não saem do lugar, todas reluzentes e bem enfileiradas. Agora o que ele faz é tirar o pó delas, manter a oficina limpa.

— Vovô, a vovó disse que já vamos jantar.

A gente costuma avisá-lo pouco antes dos meus pais chegarem, para ele ter tempo de assimilar a ideia. Cada dia o vovô fica um pouco mais lento. A vovó e eu notamos isso, mas não dizemos nada um para o outro, só queremos dar a ele um tempo a mais para que meus pais não percebam.

— Vovó, já avisei.

— Obrigada, meu rei... — e quase não ouço mais os erres dela. — Por tudo.

— Não vamos sair do duplo cinco, não é? — e faço a vovó sorrir com olhos de vidro enquanto ouço o vovô fechando a porta da oficina. — Falo para ele arrumar a mesa?

ARRUMAR A MESA

Quem arruma a mesa ainda é o vovô. Desde que eles vieram morar aqui em casa é coisa dele, e a vovó e eu sabemos que para ele é importante fazer isso, cada vez mais. Então o avisamos com antecedência, ele não sabe que ainda falta um bom tempo para todo mundo se sentar, e também vamos deixando tudo meio na mão para dar pouca margem a que os esquecimentos aprontem das suas.

Quando termino a lição, tiro a planta do meio da mesa da sala de jantar e a deixo num canto onde não atrapalhe, e depois espalho meus livros, cadernos e lápis.

– Jan, eu preciso arrumar a mesa. Você pode recolher essa sua bagunça?

Desse jeito evitamos que o vovô fique passeando pela sala de jantar com a planta na mão sem saber o que fazer com ela, desorientado.

A toalha fica na primeira gaveta debaixo da tevê, uma gaveta que eu já deixo entreaberta um pouco antes.

– Ai, qualquer dia desses ainda vou cair se você continuar deixando as gavetas abertas, ouviu?

E assim o vovô se depara com a toalha e não precisa forçar a cabeça, plantado em pé, diante do móvel, tentando lembrar onde ficam guardadas.

Na mesa da cozinha, a vovó deixa cinco pratos fundos, cinco colheres e cinco copos, com a desculpa de que acabou de esvaziar a lava-louças.

– Ah, que bom.

E então começam as viagenzinhas.

AS VIAGENZINHAS

Já faz umas duas semanas que o vovô leva os pratos, os copos e os talheres um por um até a sala. A vovó e eu dizemos que ele faz viagenzinhas. O papai e a mamãe ainda não viram isso. Nos fins de semana, é o papai que arruma a mesa, ideia da vovó, mas que ela fez com que fosse eu a anunciá-la.

– O vovô nos dias de semana, e o papai nos fins de semana, o que vocês acham? – Os dois riram e aceitaram minha proposta porque eu sou criança.

As viagenzinhas deixam a vovó muito nervosa, e ela assiste a elas esfregando as mãos no avental. Eu fico ocupado controlando se os pratos, copos e talheres chegam ao seu destino.

Às vezes, um copo vai parar numa das prateleiras da estante de livros, ou uma colher acaba no encosto do sofá. Então, quando o vovô volta para a cozinha arrastando as pantufas, aproveito para colocar tudo no lugar. De vez em quando, o vovô me flagra recolocando alguma coisa na mesa, mas nunca comentou nada, fica me olhando um instante, volta o olhar para a cozinha e dá um sorriso de vidro bem discreto.

Quando terminam as viagenzinhas, o vovô está esgotado e dorme na sua poltrona até meus pais chegarem, e a vovó continua passando a mão no avental, alisando-o, sentada numa cadeira da cozinha, suspirando.

TÃO CEDO

Hoje a mamãe chegou mais cedo da escola.
– Por que a mesa posta tão cedo, mãe?
A vovó me olha, ainda está sentada na cozinha, alisando a frente do avental. Hoje nenhum dos cinco copos chegou à mesa na primeira tentativa.
– Seu pai quis arrumar a mesa antes.
O vovô dorme na poltrona, e eu voltei a espalhar meus livros e cadernos na mesa da cozinha.
– E você, que história é essa de fazer a lição aqui?
– Eu é que pedi, Mercè, assim ele me faz companhia.
A mamãe sai da cozinha arrastando os pés e se fecha no quarto. Eu me sinto péssimo porque a gente não disse a verdade. A vovó lê meus pensamentos:
– É a doença que faz a gente mentir.

Então ela vai falar com a mamãe, as duas trancadas no quarto. Embora o vovô durma como uma pedra, fico vigiando, não sei bem por quê.

COSTURAR A MESA

Quando o vovô acabou de arrumar a mesa e se sentou na poltrona para tirar mais um cochilo, a vovó trouxe a cesta de costura, pôs no meio da mesa, como se fosse a panela com o jantar, e começou a costurar os pratos, os copos e as colheres na toalha. Bem rápido. Em pouco tempo, os cinco pratos, copos e colheres ficaram cobertos por uns casulos de fios parecidos com os bichos-da-seda, bem presos às toalhas.

Em seguida, a vovó voltou a pegar a cesta de costura e foi até a poltrona do vovô. Eu adivinhei as intenções dela, queria costurar o vovô ali sentado, deixá-lo imobilizado, e eu quis impedir, mas as palavras não saíam.

– Jan, acorde! Jan!

A mamãe segura meu rosto com as mãos. Estou suado.

– Você estava tendo um pesadelo, gritando.

– O que... o que eu estava dizendo?
– Não sei, não dava para entender. Volte a dormir.
E dormi até que a vovó veio me acordar para ir à escola e pude contar para ela o que havia sonhado.

10. A MAMÃE

O LANCHE

Esta manhã, a mamãe me deu dois sanduíches em vez de um, e eu olhei para ela confuso.

– O café da manhã e o lanche, Jan, meu filho.

Não mudei meu olhar.

– A vovó não está se sentindo bem. Hoje eu é que vou levar você na escola.

– O que ela tem?

– Está cansada, fica muito nervosa, você sabe.

Esse "você sabe" era pontiagudo e ficou me atazanando enquanto a mamãe pegava a bolsa e as chaves e acendia a luz do hall.

– Vamos?

A escola ficou mais longe, hoje. O caminho inteiro evitei olhar a mamãe nos olhos, com medo de ouvir suas respostas a perguntas que eu não queria fazer.

Já na sala de aula, o dia passou depressa e logo deu cinco horas e eu ainda não estava pronto para voltar com a mamãe, comendo o lanche preparado de manhã.

— Como foi o dia?

O sanduíche de salame meio murcho e uma pergunta vazia. O que era pior, morder o pão sem estar com fome ou responder à mamãe? As duas coisas. De boca cheia, disse a ela que foi tudo bem e comecei a andar. Ela me acompanhou, acho que um pouco decepcionada.

— O vovô diz que vocês conversam bastante quando voltam da escola, você e ele.

— É, conversávamos.

— Jan...

A mamãe parou em frente a uma árvore e os olhos dela me desarmaram:

— O vovô diz que a sombra de uma árvore pode nos salvar.

A SOMBRA DE UMA ÁRVORE

Ficamos um instante quietos na frente da árvore, debaixo da sua sombra. Depois que comecei, não consegui mais parar e falei das duas memórias, da letra "ó", do coração, de relógios, de agulhas e linhas de costura, de peças de dominó, de tudo. A mamãe ficou quieta o tempo todo, as perguntas dela foram se apagando, ao mesmo tempo que se desenhava um sorriso cada vez mais torto.

— Você é igual ao seu avô — e não sei se aquilo era uma crítica, nem se a crítica era dirigida a mim. — Você disse tudo. E eu agora, o que...?

Começou a caminhar.

— A gente tirou a letra "ó" do seu nome.

— Por causa do papai, não é?

— Por mim também.

Voltou a parar.

— Você não queria que eu me chamasse Joan, como o vovô?
— O nome é que faz a coisa.
— Que coisa, mamãe?
— Esse jeito de vocês dois, de falar, de usar as árvores e o lanche, e as peças do dominó para explicar tudo. Meu avô era igual.
— Ele também se chamava Joan?
— Sim, como o pai dele e o avô e...
A sombra da árvore se aproximou de nós e escureceu a mamãe.
— Há coisas que têm que ser chamadas pelo seu nome, Jan.

O PRIMEIRO JOAN

Chegando em casa, a mamãe, meus avós e eu sentamos à mesa da sala. A mamãe trouxe uma folha e um lápis e perguntou aos meus avós qual era o primeiro Joan de que eles se lembravam na família.

— Xiii, agora você quer que puxemos pela memória, menina?

A vovó ficou um pouco nervosa, mas então o vovô pegou um papel e começou a escrever Joans e a fazer linhas que saíam desses Joans depois de unidos a um nome de mulher, e das linhas saía um Joan e depois vinham as Mercès, os Jaumes e até uma ou outra Joana. Quando chegou aos meus pais e escreveu Ernest e Mercè, dessa linhazinha o vovô puxou um Joan e a vovó voltou a ficar inquieta.

— Me dê aqui — e a vovó pegou o lápis e, quando ia riscar o "ó" do último Joan, o décimo primeiro, o vovô a deteve.

— Eu vou deixar esse "ó" para ele.

As clonezinhas sorriram torto para o mesmo lado.

CONSERTAR O CUCO

De uns dias para cá, quando o vovô diz que está indo consertar o cuco, o coração de todo mundo para de bater por uns segundos. Consertar o cuco agora é se sentar na oficina, na frente do relógio e das ferramentas, e ficar olhando para fora, ou para dentro, olhar daquele jeito que o vovô olha que você não sabe o que é que ele está vendo, mas tem certeza de que não é aquilo que está diante dos olhos dele. Ele fica ali um bom tempo e, quando sai, a frase é sempre a mesma:

– Ainda não funciona, mas falta bem pouco.

Hoje, quando ele disse isso, vi uma luzinha acesa acima da cabeça da mamãe e entendi o que significava quando a ouvi dizer:

– Talvez você só precise esperar um pouco mais e pronto.

– Menina, mas como você quer que um relógio se conserte sozinho? – disse a vovó, ansiosa, porque é ela quem tem mais dificuldade de suportar os momentos que o vovô passa lá na oficina em silêncio.

– Não foi isso o que eu disse, mãe.

E a luzinha foi voando até a testa da vovó, que se acalmou na hora. Fui seguindo o trajeto da luzinha e de repente vi que alguém mais a seguia: o vovô. Então dei o sorriso torto das clonezinhas e ele me devolveu o sorriso endireitado.

A RELOJOEIRA

No dia seguinte, domingo, a mamãe e a luzinha levantaram cedo e se fecharam no quarto de passar roupa. Não sei qual das duas consertou o cuco.

Mais tarde, a mamãe e a vovó se trancaram na cozinha daquele jeito delas, quando dizem que não estão discutindo, e, pela primeira vez, decidi entrar ali com elas.

— Tudo o que eu sei de relojoaria foi ele que me ensinou. É como se o papai tivesse consertado o cuco.

— Eu também quero aprender, mamãe.

— Jan, vá ver o que seu avô está fazendo.

Mas na sala não havia ninguém. O papai tinha saído para comprar o jornal e o vovô já devia estar na oficina. Fiquei ali em pé sem saber o que fazer até que soaram dez cucos às dez, bem na hora em que o papai colocava a chave na fechadura.

Com o décimo cuco, abriram-se três portas: a da rua, a da cozinha e a do quarto de passar roupa, e nossos olhares coincidiram num silêncio estranho que invadiu a sala de jantar. O olhar do vovô era de vitória. O do papai, de incredulidade. O da mamãe, de satisfação. O da vovó me deixou confuso e fez com que o décimo cuco ressoasse desafinado dentro das nossas cabeças, até que ouvi o grito:

– Funciona! – e o vovô estava com o cuco nas mãos, como quem ergue um troféu. – Falei para vocês que faltava bem pouco.

– De noite também toca?

O papai quebrou a rede de olhares entrecruzados e as reverberações desafinadas dos cucos desapareceram; em seu lugar, um ramalhete de risadas de nós cinco, compassadas, rítmicas como um tique-taque.

HAVIA UMA ÁRVORE

Sob o olhar vigilante do vovô, o papai voltou a pendurar o cuco sobre a minha escrivaninha, depois que a mamãe garantiu que ela sabe desativá-lo para que não toque durante a noite.

– Assim está bom?
– Perfeito, rapaz.

O papai saiu para ir guardar suas ferramentas.

– Quanto falta para as onze?
– Calma, Jan. O tempo requer tempo – e o vovô deu umas palmadinhas na minha cama. – Sente aqui, vamos conversar.

A mamãe e a vovó já haviam voltado para a cozinha.

– Eu lhe devo uma história, não é?
– A do seu salgueiro-chorão.

E então ele me falou daquela árvore que minha mãe desenhava com giz no chão de cimento da pracinha. Desenhava porque ela também conhecia a história.

– Contei a ela quando fez onze anos.

– Mas eu tenho dez ainda, vovô. Faltam três meses para eu completar onze.

– Eu sei, mas o tempo requer um tempo que não sei se vou ter.

Quando diz essas coisas, quando se lembra da doença, eu sempre me zango, mas hoje não me zanguei, não sei por quê. Acho que tinha pressa demais em conhecer a história do salgueiro-chorão.

OS TRÊS

A mamãe levou a gente para passear. Ficamos revendo todas as árvores do bairro, parando debaixo das suas sombras. Fomos andando devagar, a mamãe e eu em silêncio, dando todo o tempo ao vovô, que segurava a mão de nós dois e olhava para cima, as pupilas indo de galho em galho. Se ele parava, parávamos também.

– Com essa história do meu salgueiro-chorão, Jan, você já vai ficar sabendo de tudo.

O vovô ficou quieto debaixo da sombra do plátano em frente ao prédio, o do buraco. Soltou minha mão, mas não a da mamãe.

– Eu poderia desenhá-lo com um giz, vovô.

– As lembranças não podem se repetir.

– Temos giz lá em casa. Que tal? A gente pode desenhá-lo aqui mesmo, em frente de casa – e a mamãe me dá a mão e solta a do vovô. – Subo então para ir pegá-lo?

O vovô, com as mãos livres, caminha até o plátano, recosta-se nele, olha para cima e aponta para um galho.

– Daqui a pouco ele vai encostar na janela do meu quarto.

A mamãe e eu nos entreolhamos e soubemos que não falava do plátano da avenida.

– Não faça isso. Vão lhe cortar. Vão fazer lenha de você.

Nenhum de nós dois se atreveu a dizer nada ao vovô, deixamos que ele ficasse à vontade, dentro da cápsula da sua lembrança, olhando para cima, tocando o tronco, fazendo que não com a cabeça, e nós dois agarrados cada vez mais forte pela mão.

– O que vocês estão fazendo aí plantados? Vão acabar criando raízes! Venham, vamos subir. Ver o que a Caterina preparou!

Não contamos para ele que hoje quem cozinhava era o papai. E que já havíamos criado raízes. Que nossos dedos eram galhos.

COZINHAR O ARROZ

— Chegaram bem na hora. Acabei de colocar água no arroz. Vocês podem pôr a mesa?

O papai de avental e colher de pau, o rei Artur aparecendo para nos salvar.

O vovô se senta na poltrona e vejo que volta a entrar numa das suas cápsulas, talvez a do salgueiro-chorão. A mamãe também vê isso e corre para abrir a gaveta das toalhas, e nós dois arrumamos a mesa como autômatos, como dois personagens de quadrinhos compartilhando a mesma nuvem de pensamento. Quando a vovó nos cumprimenta, apagamos a nuvenzinha depressa.

— Como foi o passeio? Quantas árvores vocês abraçaram? — tentou soar simpática, mas a pergunta saiu pontiaguda e fria.

Então a mamãe e a vovó começaram a falar como se estivessem sozinhas na cozinha, mas estavam na sala de jantar e não estavam sozinhas, o vovô e eu estávamos ali. Quando as ouvi, meus olhos foram correndo buscar os do vovô e os encontraram vazios: o vovô olhava para dentro, não escutava nem via as duas.

Depois procurei os olhos da mamãe, para lhe dizer que eu estava ali, que ouvia as duas, que fossem se trancar em algum lugar para falar daquele jeito tão delas. Mas a mamãe tentou me acalmar com o olhar enquanto continuava falando do vovô com a vovó. Do vovô, do nosso passeio, do plátano que foi por um momento o seu salgueiro-chorão. Não consegui continuar ouvindo, chamavam coisas demais pelo seu nome.

Fui me fechar na cozinha com o papai, meus olhos se perderam entre as borbulhas da frigideira enquanto minha cabeça fervia também de pensamentos, pequenos e duros como grãos de arroz, e não havia jeito de cozinhá-los, de amolecê--los. Imaginei a cabeça do vovô cheia de grãos de arroz cru, cada vez mais afastados uns dos outros, e a mamãe e a vovó escolhendo e separando os que ainda poderiam ser cozidos.

– Tome, prove e me diga se já cozinharam bem, e se falta sal.

Todo mundo concorda quando o arroz não fica bem cozido ou passou do ponto, mas do ponto do sal cada um tem sua opinião.

Coloquei o saleiro perto do prato do vovô.

AS COISAS PELO SEU NOME

A mamãe quis que eu a ajudasse a lavar a louça depois de almoçar. Tirei a mesa emburrado e, quando já havia colocado tudo na bancada de mármore da cozinha, ela me fez fechar a porta, abriu a torneira e deixou a água jorrando enquanto me fazia sentar num dos banquinhos onde a gente toma café da manhã.

— Você sabe o que aconteceu agora há pouco, não é?

A pia ia enchendo e vi que aquilo era uma contagem regressiva.

— Quando?

— Na frente de casa, Jan. Com o vovô e o plátano.

— Mamãe...

— É preciso conversar sobre isso.

— Já ouvi você antes com a vovó...

— Eu sei, queria mesmo que você ouvisse a gente, você precisa saber das coisas...

– ... pelo seu nome, já sei.
– Não precisa ficar bravo, Jan.
– A culpa é da doença, já sei disso.
– Você não sabe tudo ainda.

Fechou a torneira, a pia fumegava, os vidros da janela da cozinha ficaram embaçados. Não podíamos estar mais isolados, a mamãe e eu. Ela me olhou nos olhos procurando neles aquele ponto que faz com que eu me desconecte e ouça quieto e calado. E então falou.

QUEM SOU EU

Saí da cozinha com os olhos fixos no chão, de medo de encontrar o vovô e de que ele visse em mim tudo o que eu sabia agora. Ele cochilava na poltrona enquanto o papai e a vovó assistiam às notícias.

Fui para o meu quarto, não sei se triste ou bravo, ou as duas coisas, e, quando fechei a porta e me vi no espelho atrás dela, soube que era eu. Dava para ver bem que era eu. Fiquei me olhando um tempo e era eu, era eu, era eu, quem poderia não saber disso? Quem seria capaz de ter esquecido?

"Primeiro vai ser a memória, depois eu", assim foi como o vovô me contou. Tudo o que a mamãe me falou eu já sabia, já sabia. Mas o vovô não tinha me dito que, dentro da memória, está quem somos.

O garoto do espelho faz uma cara triste e já não sou eu. Fiquei me olhando demais. Talvez seja isso o que acontece com o vovô, a doença faz ele se olhar demais, olhar para dentro e quanto mais se olha, mais ele se apaga. Mas se você não se olha, se não se olha nem um pouco, como vai saber quem é? Como você se reconhece quando se vê refletido num espelho?

ESPELHO

Esperei o vovô acordar e pedi que viesse comigo até meu quarto.

– Jan, não incomode seu avô.

– Vai me fazer bem esticar as pernas, Caterina.

Toda vez que diz o nome da vovó, a nuvem de perfume se adocica um pouco, mas só se ele não faz nenhuma pausa antes de dizê-lo.

– Venha, fique diante do espelho. Você tem que se olhar no espelho todo dia.

– Jan...

– Mas não pode ficar muito tempo, hein?, porque então não vai se reconhecer. É um minuto ou dois.

– Jan...

– E olhe para mim, aqui do seu lado. Olhe para nós dois.

– Jan, chega.

Ele me pegou pela mão e nos sentamos na cama. O vovô respirou fundo e ficou um tempinho em silêncio, senti que procurava palavras.

– Eu me olho no espelho todo dia, Jan, muitas vezes – e então entendi que ele ficava em silêncio porque estava procurando as palavras para dizer as coisas pelo seu nome. – Todo dia eu me reconheço. E reconheço a todos. A vovó, sua mãe, você, seu pai. É a primeira coisa que eu tento fazer. E cada vez é mais cansativo.

Da cama, olhei nossa imagem refletida no espelho da porta. Eu quase não aparecia, só os olhos arregalados debaixo do queixo do vovô. Ele também olhou para nós dois, apertou minha mão com força:

– Daqui eu já não vejo você.

11. DEPOIS EU

NÃO QUERO MAIS HISTÓRIAS

O vovô começa a fugir dos espelhos. A nuvem da vovó cada dia fica um pouco menos doce. A mamãe passa o dia falando com todos nós, com os olhos fixos nos nossos, repassando as letras uma por uma como se estivesse falando com um dos seus piores alunos. O papai cuida de arrancar sorrisos de todos, não se cansa: com o vovô, fazem as palavras cruzadas juntos; com a vovó, preparam o jantar; ele abraça a mamãe mais do que nunca e comigo quer contar histórias de aviões toda noite.

– Acho que não quero mais histórias. Quero ler sozinho.
– Claro.
– Mas se algum dia eu quiser que você me conte uma...
– Quando quiser.
– É que talvez eu já seja maiorzinho mesmo.
– Talvez seja, sim, mas querer ouvir histórias não faz de você mais criança.

— Eu sei. Quero ler o livro de fábulas que o vovô me deu de presente. Ele disse que já não consegue me contar mais, que não sobraram mais fábulas.

— É que ele já contou um monte!

— Todas as que ele lembrava...

O papai levantou, acariciou minha cabeça e me olhou como se eu não fosse seu filho.

— Você não tem que deixar de ser criança, aconteça o que acontecer. Eu ainda sou, quando me deixam.

E me fez sorrir de novo.

SER CRIANÇA

E para que eu me lembre de como é ser criança, o papai e a mamãe me mandaram passar dois dias na casa do Moisés. Primeiro, fiquei com medo de ir.

– Mas, e o vovô?
– O vovô vai ficar bem.
– E quando eu voltar?
– Dois dias, Jan. Quando você voltar, vai encontrá-lo igual.

O papai e a mamãe olharam tão fixo para mim, que não cabiam todos os olhos deles nos meus e fui para o quarto arrumar a mochila.

– Deixe o livro de fábulas aqui.
– Mas mamãe...
– Você não vai ler, Jan. Você vai lá brincar e se distrair.

Fiquei com a impressão de que a mamãe também teria gostado de ir para a casa do Moisés, ser criança, não ler, só brincar, se distrair... Não ver o vovô.

A TEMPESTADE

A gente queria jogar bola, mas começou a chover tão forte, que a mãe do Moisés nos fez ficar em casa.

– A gente podia jogar bola aqui dentro.
– Que ideia, aqui não tem espaço!
– Meu avô jogava bola numa pracinha menor que essa sala, você não lembra?
– Ah, verdade.
– E ainda por cima com uma árvore no meio.
– Não, não tinha árvore nenhuma.
– Tinha uma árvore, sim...

A mãe do Moisés veio carregando uma pilha de jogos de tabuleiro, mas, quando me ouviu, sentou num braço do sofá disposta a me escutar.

– Uma árvore? Naquela pracinha?
– Conte para nós, Jan.

– Tinha uma árvore ali, o salgueiro-chorão do vovô. Até que um dia choveu tão forte...

– A chuva é boa para as árvores!

– Deixe o Jan falar, Moisés.

– Então, teve uma tempestade muito forte em Vilaverd, choveu um monte de horas seguidas, todas as ruas viraram rios, e relampejava e trovejava muito forte. E um dos raios...

– Naquela pracinha tão pequena? É impossível!

A mãe do Moisés colocou uma mão no ombro dele para aquietá-lo, e então contei do raio que feriu o salgueiro-chorão do vovô. Contei tudo para eles bem devagar, marcando bem todos os detalhes, como se fosse uma história, do jeito que o vovô faz, do jeito que fazia.

A PNEUMONIA

Num dia de chuva, quando tinha onze anos, o vovô estava olhando como chovia pela janela do quarto dele, com certeza porque sua mãe também tinha dito que ele não podia sair para brincar, e viu um galho de luz que saía de uma nuvem para tocar seu salgueiro-chorão. A árvore iluminou-se por alguns segundos, e depois foi só um cheiro de madeira queimada, fumaça e um trovão que fez tremer o chão sob os pés do vovô, que era um menino na época.

O chão ainda tremia quando o vovô desceu a escada de dois em dois degraus até a rua. Ninguém conseguiu segurá-lo. Saiu para a pracinha e, em poucos segundos, já estava ensopado. Abraçou sua árvore, com o tronco meio partido, metade da copa prestes a cair no chão, a outra metade sustentando-se por milagre, e chorou enquanto o céu fazia o mesmo em cima dele.

Seu pai foi buscá-lo, e ele sempre contava o quanto lhe havia custado arrancar o filho do tronco do salgueiro-chorão:

parecia ter criado raízes. O chão já não tremia, mas o vovô, sim, de frio. Isso aconteceu no inverno, e até a chegada da primavera o vovô não saiu mais na rua por causa de uma pneumonia que ninguém entendeu como não matou o menino, de tão magrinho e desnutrido que ele ficou.

O vovô diz que foi a árvore que o curou.

O GALHO

Quando já fazia uns dias que o vovô estava de cama com febre e já perdera a noção do tempo, ouviu umas batidinhas na janela do seu quarto. Não sabe como conseguiu se levantar da cama e abrir as venezianas, só se lembra de que um galho do seu salgueiro-chorão esperava por ele atrás das vidraças e que, com a ajuda de um vento estranho e quente, aquele galho se entrelaçou em seus dedos e um calor doce subiu pelo seu braço até lhe encher o peito.

    O seu chorão o curou. O seu meio chorão, porque, por culpa do raio, agora só tinha metade da copa e aquele desequilíbrio o inclinara em direção à janela do seu quarto. O vovô diz que aquele galho era como uma mão de folhas verdes, cada folha um dedo, e que ficou dentro da sua até que de repente esfriou e escapou de seus dedos.

    O vento, aquele vento quente e estranho que agora era frio, fez a porta do quarto bater forte e sua mãe logo apareceu, fechou as venezianas e o fez voltar para a cama com uma coleção de broncas carregadas de preocupação.

Mas o salgueiro-chorão voltou. Bateu na vidraça da janela dessa vez com mais força, tanta, que arrebentou a vidraça, e o galho entrou no quarto do vovô e deixou cinco de suas folhas mortas, amarelas, em cima do cobertor da cama.

No dia seguinte, o vovô não tinha mais febre e sua janela não tinha vidraça e, sim, uma tábua de madeira presa com quatro pregos, por isso não conseguiu ver quando dois homens e uma serra fizeram desaparecer aquele meio chorão que o havia curado com uma mão de folhas.

O CEPO

O vovô diz que um cepo é uma árvore com a memória exposta.

O cepo do seu chorão ficou esperando o vovô no meio da pracinha até que ele ficou forte o suficiente para sair à rua e se sentar ao sol para terminar de se recuperar.

A mão de folhas o havia curado, não voltou a ter febre depois de tocá-la. E agora o cepo esperava por ele no meio da pracinha. O vovô se aproximou dele, devagar, vendo ainda a sombra do chorão que escurecia o chão, sentindo ainda o sussurro de seus galhos esfregando-se uns nos outros. Mas o sol agora invadia tudo, o sol e um silêncio de madeira.

Ficou em pé diante do cepo, que não era muito grosso, o vovô e o salgueiro-chorão, os dois esmirrados, até que foi o vento de novo que guiou seu gesto com umas pancadinhas nas dobras dos joelhos e um "sente-se aí!" atrás da orelha.

Sentar no cepo, conforme a explicação do vovô, é como entrar dentro de uma árvore e ver tudo o que ela viu, deter o tempo e olhar para dentro, dentro dela e de você. O cepo do salgueiro-chorão era apenas um banquinho para um menino de onze anos, e tudo o que aquela árvore havia visto se resumia às dimensões daquela pracinha, mas para o vovô foi um momento que, sessenta anos depois, ele ainda revive como se fosse agora. E agora eu o revivo por ele.

– Amanhã vão arrancar.

– Mas não dá para ficar assim, papai?

– Se ficar assim, vai ser desse jeito que você irá se lembrar dele.

O vovô levantou, passou as mãos por aquele tronco jovem e decapitado e o completou com a imaginação, inteiro, cheio de folhas, dançando com o pouco de vento que chegava àquele canto de Vilaverd, enchendo o chão de folhas amarelas como dedos.

O CIMENTO

O vovô teria desejado ter a janela ainda coberta por um pedaço de madeira para não ver como seu pai, com a ajuda de mais dois homens do povoado, arrancava o cepo de seu salgueiro--chorão para empilhá-lo depois com o resto dos galhos, já sem folhas, num canto da pracinha.

– Lenha para o inverno.

E diz o vovô que o frio demorou a chegar e que a madeira do chorão fez uma fumaça estranha que parecia que não queria ir embora, e sua mãe precisou abrir todas as janelas da casa para fazê-la sair, certa de que a lareira estava com problemas. O vovô subiu correndo ao terraço e, por instantes, a chaminé foi um tronco que fazia desaparecer outro.

O buraco deixado pelo cepo, redondo como um "ó", logo foi coberto de terra e poucos dias depois o cimento endureceu toda a pracinha com um cinza como de fumaça que se esvai.

Sentado no banco de pedra, os pés sobre o cimento, o vovô relembrou o chorão todos os dias, com todas as suas forças. No começo, não tirava da cabeça o cepo, a lenha empilhada no canto. Depois só se lembrava da árvore torta, metade da copa, o tronco ferido pelo raio. Mas, poucos dias depois, já recuperara a melhor imagem dele, ereto, verde, cheio de folhas, com os galhos dançando tranquilos.

– Quem sabe se você o desenhasse...

Seu pai lhe trouxe uma caixa de gizes coloridos. Na hora do almoço, o vovô, que então era um menino de onze anos, sentou-se à mesa com os dedos manchados de verde.

O SALGUEIRO-CHORÃO DELE

Os aplausos do Moisés e da mãe dele me fizeram ficar vermelho.

– Você contou uma história para nós, Jan!

– Não é história coisa nenhuma. Isso aconteceu.

– Não fique bravo. O Moisés quis dizer que a gente gostou muito do jeito como você contou.

Não disse a eles que as palavras eram do vovô, que eu agora as guardo para ele.

O MEU SALGUEIRO-CHORÃO

Depois de almoçar, Moisés escolheu um filme sobre insetos para matar o tempo até a hora de ir à piscina. Eu ainda estava surpreso, porque parou de chover assim que terminei de contar a história do salgueiro-chorão, e um raio de sol me ofuscou enquanto Moisés e a mãe dele me aplaudiam.

Na tela, umas formigas transportavam grãos de açúcar guiadas por uma joaninha numa paisagem cheia de árvores.

Não fui criança, como queria a mamãe.

O vovô é uma árvore, pensei eu. E agora é um salgueiro-chorão ferido pelo raio. E quando não sobrar nem o cepo, vou manchar os dedos de verde para desenhá-lo.

NENHUMA CARTA

Se minha vida fosse um livro, no dia seguinte à morte do vovô, a mamãe ou quem sabe a vovó me daria uma carta dele cheia de conselhos e com uma despedida bem emotiva, com uma daquelas frases que o protagonista repetiria sempre que topasse com uma dúvida, que a repetiria aos filhos e aos netos e que talvez um dia também a escreveria ele mesmo numa carta de despedida.

Mas, na vida real, não há cartas de despedida com frases escritas para emocionar. E o vovô está vivo. Ainda.

O vovô não escreveu nenhuma carta porque já faz alguns meses que vem se despedindo aos poucos.

A MEMÓRIA DA ÁRVORE

Moisés dormiu logo, não conversamos muito. Na piscina consegui ser criança, a água apagou meus pensamentos. Mas, uma vez na cama, tudo voltou a ficar onde estava, e por um momento desejei não ter memória. Não sei como foi que adormeci.

De repente, acordei na cama de casa e ouvi que alguém me chamava. Fui até a sacada e vi que tinha uma luz no buraco do plátano da avenida. Desci a escada descalço e de pijama. A voz que me chamava vinha da árvore. A rua estava vazia.

Dentro do buraco do plátano estava o vovô, não sei como, mas ele cabia lá dentro. E a luz vinha de um relógio que ele segurava com ambas as mãos como se fosse um holofote.

— É você, Jan?
— Vovô, o que você está fazendo aí?
— É você?

O vovô me ofuscou com o relógio-holofote. Comecei a ver manchas de cores e um tique-taque muito alto que me deixou meio surdo.

— Sou eu, sim, o Jan.
— Venha, entre.
— Não vamos caber os dois.
— Aqui dentro cabe tudo. É a memória da árvore.
— E esse tique-taque?
— Entre que aí você não vai ouvir mais.

Entrei e ficou tudo escuro. E o tique-taque silenciou. O buraco do plátano da avenida se fechou.

E depois eu estava do lado de fora, na rua e sozinho, ainda de pijama e descalço. Os pés no cinza como de fumaça que se esvai, a cabeça dentro de um silêncio de madeira, o coração que não esquece, cheio do meu salgueiro-chorão, que agora é o vovô.

Então vi as vidraças da sacada de casa se quebrarem. Foi o galho do plátano. Mas diz o vovô que as lembranças não podem se repetir.

"E, tudo acabado, rejuvenesce o cepo."
JOSEP CARNER

Em www.leyabrasil.com.br você tem acesso a novidades e conteúdo exclusivo. Visite o site e faça seu cadastro!

A LeYa Brasil também está presente em:

 facebook.com/leyabrasil

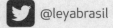 @leyabrasil

 instagram.com/editoraleyabrasil

 LeYa Brasil

ESTE LIVRO FOI COMPOSTO EM DANTE MT STD,
CORPO 12 PT, PARA A EDITORA LEYA BRASIL